金明淳・創作集

生命의果實

京城　漢城圖書株式會社　發行

（머 리 말）

이短篇集을 誤解밧아온 젊은 生命의 苦
痛과 悲歎과 咀呪의 여름으로 世上에
내노음니다.

目 次

길　(詩二十四篇)

길

(詩二十四篇)

길

길, 길 주욱 벗은길
音響과色彩의兩岸을건너
주욱 벗은길。

길 길 감도는길
山넘어 들지나
구비구비 감도는길、

길 길 적은길
벽과 벽새이에
담과 담새이에

적은길 적은길。

길 길 幽玄境의 길

서로아는령혼이 解放되여맛나는

幽玄境의길 머리위엣길。

길 길 주옥벗은길

音響과色彩의 兩岸을 傳하야

주옥벗은길 주옥벗은길。

(京 都 서)

내 가슴에

검고 붉은 적은 그림자들,

번개치고 羊떼몰든 내마음에 눈와서

조각조각 찌여진 붉은꽃닙들가티도

회호리바람에 울낫다 쩌러지듯

내어두운 舞臺우에 한숨짓다。

나는무슈한검붉은 아해들에게 뭇노라

오오 虛空을잡으려든 서름들아

憤怒에 매마저부서진 거울조각들아

피마저 피에저즌아해들아

녀희들은 아직써씃한 피를구하는가

아 아 너희들은 내 맘에 압흔아해들

그럿듯이 내마음은 피마저세젓노라

내아해들아 너희는 어름에서살몸

부질업시 눈내려녹지말고

北으로北行하야 파란하늘가티 수정가티

어러서 붓허서 맷치고 쏘맷치라!

(東京서)

싸 홈

늙은兵士가 잇서서

오래 싸왓는지라

왼몸에 傷處를밧고는 싸홈이시려서

軍器를 호미와 팽이로갈앗섯다。

그러나 밧고랑은 거세고

地主는 사나우니

씨를쑤리고 김은매여도

秋收는 업섯다。

이에 늙은 兵士는

답답한회포에 졸려서

날마다 날마다 낫잠을자드니

하루는 총을쓰는듯이 가위를눌넛다。

아―이상해라 이兵士는

軍器를 버리고 자다가

꿈가운데서 싸왓든가

왼몸에 멍어드려죽엇다。

사람들이 머리를 빗트렷다

자나쌔나 싸홈이잇슬진대

사나죽으나 쑥갓를것이라고

사람마다 두팔에힘을 내쎔앗다。

(서 울 서)

咀　呪

길바닥에、구을느는사랑아

주린이의 입에서 굴러나와

사람사람의 귀를흔들엇다

『사랑』이란거짓말아。

쳐녀의가삼에서 피를쌤는아키야

눈먼이의 손길에서 부서저

착한녀인들의 한을지엇다

『사랑』이란거짓말아。

내가 밋업지안은 밋업지안은녀를

엇던날은맛나지라고 괴도하고

엇던날은 맛나지지말나고 념불한다

속히고 쏘속히는단순한 거짓말아。

주린이의 입에서 굴녀서

눈먼이의 손길에 부서지는것아

내마음에서 사라저라

오오『사랑』이란거짓말아!

分　身

눈을감으면

밤도안이고　낫도안이고

남빗안개속에　죄약돌길위를

한처녀거지가　무엇을　찻는듯이

압흘바라보고　뒤를도라보고

새파랏케　질녀서뵈인다。

내머리를돌니면

분명이　생각나는　일이잇다

삼년전가을에　흐린아츰이엿다

나는학교에　가는　길가에서

나를향해 오는 그림자를보앗다

그러고『어듸를 가시요』하는

그분명한 음성도드럿다。

그러나 나는 멈추는그의발거름을

멈출름도 업시 쏜살파가티

며의압흘 말업시거러갓다

그러고 내마음속에

겨우삼년길는 幻想의파란새를

그길넘어로 울면서노핫다。

하나 이명상(瞑想)의째에

무슨일로 옛서름아쏘오는가

사람에게 상량한내가 안이엿고

새롭머물녀둘 내가삼이안이엿다

가시덩클갓든 이가슴속에서

옛서름아 다시내몸을 상치말나!

사랑하는 이의 일홈

철성아 철성아

네일홈이 흔하건만

초당집보비는 삼년전부러

가만히 자라는 마음의 풀을

버혀버릴 힘업써서「칠성」이라고

피로쓰고 피로지워 피로삿다。

사람의손이 닷치안는 밧헤

새솟한마음속깁히 자라는풀이랑。

칠성아 철성아

떠냇가에는 노란쏫이 피면은。

뚜렷한달이 올나와서

가만히 피여잇는 사랑의 쯧을

시들냐지 안으려고「그리움」을

빗으로빗치고 빗으로밧는다。

그러나보비는 그늘에우니

칠성아 칠성아 네 일홈이봉션화랑

南 邦

北邦의處女가 南邦을생각하면

울녕 줄넝달린 蜜柑밧흘

허울버슨 몸으로 지나 드래도

명주옷을입고 님을맛나러 가는듯이

가삼이 두군〈 거려서

첫일월에 우뢰소리가 휘여진가지를흔들고

黃金의 여름을 쌘다지오。

北邦의處女가 南邦을생각하면

쌜간동백의 비연동산을

철을모르는 몸으로지나드래도

님이 오시다 마신듯이

심난한 한숨이 쉬여저서

초사월의비가 프르른님을 궁글고

쌀간샃을 써러트린다지오。

北邦외處女가 南邦을생각하면

草家집첩하알에 우산거더들고

우득허니서서 눈물지우드레도

죄약돌틈에 속색이는샘물가티

류량하는노래가 저절로들려셔

초저녁에 불빗친 미다지가열니고

책상압헤 石像이 음즈진다지오。

옛날의 노래

고요한엣날의 노래여

쑴가운데 거러오는 발자최가티

들녓다 사라지는……

어머니의노래여, 사랑의탄석이엿.

『라방타방네야 너어듸를울며기니

내어머니 몸진곳에 젓먹으러울면간다』

이는 내어머니의 가리키신 노래이나

물결이는 말못미레 이것만아노라.

넷날의 날사탕하시든 내어머니를

큰사랑을세상에서 일흔셔름이
멜로듸—만 黃昏을숨지을쌔
쟁미빗으로열닌 들길에는 바람도애라랑。

오래인노래여 내게녯말삼을들니사
어린이의 서름속에 잇그러드리소서
不老草로수노흔 초록옷을닙히소서
그러면 나는萬年靑의빨간 열매가르리다。

말을니준노래여 音調만남어서
길다한곳에 레—데강이흘릅듸가
모든것을 씻처버리는 淨化水가흘릅듸가
오오그물이 내거울이되리다。

無言歌여 다만音響이여 나를잇그려

그대의말삼 사라진곳에

내어머니 몸진곳에 山을넘고물을건느라

옛날의 노래여、사라지는울님이여。

외로음의부름

아니라고 머리는혼들어도

저녁이 되면은

먼고향을 생각하고

쓰거운 눈물방울을지운다。

오ㅡ먼곳셔 漂流하는

내하나님 그속에게신

압혼 가삼아 가삼아。

그럿라고 눈은새엿서도

물결이험하면은 바람이사나우면은

역시내몸에업는 가시를보고
둥그런파실을 숨겨버린다。

오—옛날의 날비려주든
하나님압헤 나를 告하신
밋분 故鄕아 故鄕아。

물결에사라치워도 바람에밀녀워
가삼속을 보면은 피압픔을 보면은
하나님을 생각하고、고향을못닛고、
무릅을굽혀 우리의긔도를쏘한다。

오—벗아 아는가모르는가

이몸은 그대를 그리워마르고

이마음은 그대로인해 눕핫슴을

慰　勞

우는이어
나의 벗이어
벗의 눈물을 씻처
우리들의 幻想을 그린
봄하날의 아름답음을 보라。

벗이어
우리는 먼저
침묵을 약속하얏섯다——
모든 巨人들이 직한것을
우리는 잇기그윽한 옛길우에서。

그러나 벗이어

우리는 넘어 말햇다

가벼야운내입이

쏘 묵업으나 참기어렵운

벗의입이 ……ㅇ

벗이어

벗은 벗의마음을

바람의 파랭갑이인줄 밋나뇨?

물우에 섯다사라지는

물거품인줄 아나뇨?

하나 벗이어
우리는 보지안는가
봄하날우에 소순
우리들의 樂園을?
우리의 視線의모히는 焦點을。

—（二三年四月十日）—

密 語

비개인 六月바람이
가벼운 가―덴을달내여서는
살그먼히 병실에드러음이랑。

창백한 얼골을돌니고
진몸풀업시 도라눕어?
그귀밋헤 무엇을드럿누?

재　롱

어머니는 말하다

자지안는 아해야

무엇을 깁버하나냥.

오오어머니

내빗이

왼세상을 빗치여용

흐흐 그애가

잠은 안자고

재롱만피나냥.

어머니 옛말하시요

한옛적에도

나가튼이가 잇섯소。

아아 니야기가업다

내딸에게 저녁마다

말주머니를 털니워서。

귀여운 내수리

귀여운 내수리

사람들의 머리를지나

산을기고 바다를헤여

골속에 숨은 내맘에오랴.

맑아가는 내눈물과

식어가는 네한숨、

쏘구을느는 나무닙과

서른춤추는 가을나비、

그대가 세상에 업섯던들

자연의노래 무엇이새로우랴.

귀여운내수리 내수리

힘써서 압흐다는 말을말고

곱게참아 겟세마네를넘으면

극락의문은 자유로열니리라.

귀여운내수리 내수리

훌닌담파 피를다섯고

하늘웃고 짱녹는곳에

끌엔 노래흘니고 들앤솟피자

그대가세상에 업섯던들

무엇으로 숭리를바라랴.

그쩨까지조선의민중

너희는피땀을 흘니면서

가러살길을 준비하고

너희의귀한 벗들을 마즈라。

탄　식

둥그런 련닙헤 얼골을웃고

꿈이루지 못하는 밤은 깁허서

뷔인쓸에 혼자서 서른탄식은

련닙헤 달빗가티 허득여드러

지나가든 바람인가 한숨지으랑。

외로운처녀 외로운처녀 파랏케되여

련닙헤 련닙헤 얼골을웃어。

긔　도

거울압혜 밤마다 밤마다
좌우편에 축불 밝혀서
한업는 무료를 닛고지고
달빗가티 파란분발느고서는
어머니의 귀한곰을 숨쑤려.
귀한처녀 귀한처녀서른신세되여
밤마다 밤마다 거울의압혜.

꿈

애련당못가에 쑴마다쑴마다

어머니의 품안에 안키여서

갑지못한사탕에 눈물흘니고

손톱마다 봉선화 드리고서는

어리든 님의압흘쑴수려.

착한처녀 착한처녀 호을로되여서

쑴마다쑴마다 애련당못가에.

遺　言

조선아 내가너를 永訣할쎄
개천가에 곡구러젓든지 들에피쑵앗든지
죽은屍體에게라도 더학대해다구
그래도　不足하거든
이다음에　나갓른 사람이나드래도
할수만잇는대로　쏘虐待해보아라
그러면서로믜워하는　우리는영ㅅ작별된다
이사나운곳아　사나운곳아。

유리관속에

뵈는듯 마는듯한서름속에

잡히운목숨이 아즉남아서

오늘도 피로움을참앗다

적은적은것의 生命파가티

잡히운 몸이거든

이서름 이압픔은 무엇이나

禁斷의女人파 사랑하시든

녯날의 王子와가티

琉璃棺속에서 춤추면살줄밋고

일하고 공부하고사랑하면

재미나게 살수잇다기에

밋업지안은 세상애사러왓섯다、

지금이뵈는듯 마는듯한 서름속에

生葬되는 이답답함을 엇지하랴

미련한나! 미련한나!

굿 쳐 요

아아굿쳐요
그의지아는 비오론의탄식
첩하쏫헤 눈녹힌물이 쏙쏙듯어
아버니의옷깃을 적실만하니
굿쳐요 롭헤는 소리가른것을.

아아굿쳐요
그흐릿한 수션스런노래를
삼월아츰에 볏히싸 듯해서
어머니의 가삼속에 눈이녹으니
굿쳐요 록근지러운 거위소리를.

오오굿쳐요 옵바야

그무심코익은 피아노소리

좀 더 숩허다구

좀 더 유쾌해다구

사람조혼 옵바야。

(이웃분주한밤에, 서울서)

바람과 노래

써오르는종달이 지종지종하매

바람은 엽흐로부러 애쓴이더라.

西窓에 기대선處女

님에게 드리는노래 바람결에 붓치니

바람은 쏜살갓치 남으로가더라.

甦　笑

일쯕핀 안준뱅이

봄을 마즈려고

피엇스나 쌕한송이

그야 너무적으나

두덩지의맘 쌍속에 숨어

흙패여길갈쌔。

내적은 쌕한생각

너무추웁든 서름에는

구름감취는 애닮음

그야 너무퍼로우나

甘藍色의 하날우혜 숨겨서

다시 한송이 피울때。

(평 양 서)

無題

노른실 프른실노 비단을싼듯

평화로운저녁 들에

종달이 終日의 노래를

저문空中에서 부르지지니

가는비오는 저녁이라。

내어머니의 감격한눈물인듯

개일듯 말듯한 저녁한늘에

悲慘한나 큰피로움을

소래업시 우르러 告하니

가는비오는 저녁이라。

봄동모의 치마자락감초이듯

어슬 어슬한 暗의 幕내려

天下의 모든빗 모든소래

휘덥허 싸 노으니

가는비오는 저녁이라。

(京都 서)

탄실의 初夢

힘만은어머니의품에

머리만은 處女는우섯다

그 仁慈한 쌤파눈에

적은입 대이면서

그복을 꼭그러안어서

숨맥히시는 소리를드르면서。

차듸찬 어머니의품에

머리만은 處女눈울엇다

그冷落한 어머니를보고

어머니 어머니

우왜도라가섯소 하고부르지지며

누가믜워서 그리햇소하고울면서。

春風에졸든彈實이

雪寒風에 흠흠늣기다

사탕에게으르든彈實이

虐待에 東奔西走하다

여막에 줄돈업스니

돌베개베고 꿈에움을쑤다。

쑴에前갓치 비단이불덥고

풀깃잠드러 움을쑤니

우뢰는 우러오고

비방울이 쑥쑥듯는다
란실은화닥싹 몸을이르키여
력력소래에 몰니여
힘씻 다라낫다
다라날사록 비와눈은
그헐버슨몸에 쏘다지고
요란한소래는 밋친듯 달녀들다
그는 나무그늘에 몸을숨겻다。
왼하날이 그에게呼슈하다
「前進하라　前進하라」
그는 어린양갓치
두려움에 몰니여서

헐버슨몸 썰면서도

한엄시 다라낫다

그동안에 날온개엿더라

靑담살이 둘너심은 프른길에

누군지 그의손을잇글다

그러나그는 호올노엿다。

　　　　　(曉 [illegible] 鮮)

들니는 소래들

第一의 소래는 나를부르다

罪를지은 人種의 末世여

더러운 피와피가뭉키여

猜忌만은 내形狀을져엇다。

第二의 쇼래는 나를꾸짓다

실노우어맨 옷을닙은자여

녜스사로삽흘녀 짱을패서

먹을것을 求할것이어늘。

第三의 소래는 나를비웃는다

自身을스사로 結縛한者여
네몸의우에 自由를못엇어거든
自由의뜻을 아럿더뇨。

第四의소래는 나를련민하다
全人類가 生前死後를모르고
눈로매어여서 잇글닌대로
녀쯰한 눈로매인것을 못룬니다。

第五의소래는 탄석하다
善惡의合體인 人類들아
善을行하니 神이되며
惡을行하니 惡魔가되느다。

第六의 소래는 크게대답하다
우리는罪의 罪를밧고
罰의罰을 밧고우는
죵의죵인사람들이다。

第七의 소래는 다시부르다
녜몸을 임의로못하는 病者여
五官이 麻痺하엿스니
判斷力쏫차 일엇도다。

第八의소래는 다시대답하다
나의主여 造物主여

당신은 무엇쌤에
우리들을 그갓치 지엇슴니가?

(京都 서)

대종업는이야기 (感想四篇)

「무엇인지 노래라도불너 보고십다」하는마음이 몸저누어알는 벼개머리에 눈물을지

운다。

아아 끌목안의 개천물이 아해들손에 방해롤바다 그래도 돌돌 흐르던것을

「요놈의물 그래도 요리로새는구나」

「돌맹이집어 오너라」

「모래를 더가저오너라」

「얼넌―얼넌」하고 써들며 막는바람에 갈길이지극히 멀것마는 가지를 못하는듯하

다。나는누어서 머리를들지 못하는몸이라 들창으로 내다볼수도업고 그래도 돌々들

니돈 소리가안들니니 모―든시간이정지(停止)되고 침체(沉滯)된듯십다 아아·쓱갓

치 정지 되거나 침체되는일이면 얼―포이스의 거문고소리가티 모―든것을 정지식

히고십다。그러나 그얼ー포이쓰! 얼ー포이쓰는얼마나 설엇슬가。지극히오래고 먼ー

옛날의 지나온 이야기지마는 엇재서 그런 가인(歌人)에게 그런 파멸이잇섯는가?

오오 지금도 은하(銀河)에걸닌 얼포이쓰의 거문고는 잇다금석 물속에서 소리를

내인다든가?

한사람에게쏫는 한줄기의 운명이 엇재서, 그한사람과가티 행복스러운길을걸것고십

지야 안으랴마는 필경은 그럿처못한것을보매 사람들은 그생활의위에잇는 큰힘을새

닷지안을수업다。사람들의 귀에는 지극히크다고하면크고 지극히적다고하면 적은 십

포ー니(交響樂)가들니지안을가? ! 쏘 그모ー든것을 지휘하는지휘막대기갓흔것이

보이지안을가? 아니 좀 큰것은 좀 적은것의 눈에는뵈이지안을것이다。쏘 좀 큰것

도적은것을모른다。이한(限)잇는 모든것들이 서로모르는동안에 그들의시간은 옛날

부러지금싸지 작고 <ー것침업시흘너내렷다。하나 이모ー든것의우에 서는 그큰힘을

도뎌히모르는대로 내버려둘수는업다。

큰 그 섑포ー니 는 어하늘파 쌍파、쏘 모든별들의우예잇는 모ー든것의우예서 히열에

수 (喜悅哀愁)를 거두워온것이안일가、맛치 종자를쎡럿다가 거두워오듯이、무순숙

명덕(宿命的)약속이잇는것갓다。그러나 이염려는 우리사람들에게만 분배되여잇지

안할듯하다。그럼으로 그큰힘에서 지휘를밧는 섑포ー니가상상만으로 적은것갓흐면

서 큰것은 이뜻이 적은것에서부터 큰것에게써지 전부알녀여잇는듯도하다。

엇던 연극가운데서인지 쓰는소설가운데서인지 거억은 아주몽롱하나 이런귀한말

만을 거억해두엇다。

「님금하나가 쌍에쩌러지도 원우주(宇宙)와가치운동(運動)한다」

이말이얼는 모ー든것의생할의우에 갑각직분이 난호아잇다는말파는다르나 생각하

면할사록 무순공명(共鳴)이잇지안으면 안될듯이생각된다。그러나 절대로 그럿탄말

은못할 것이다。무론엇던말에든지 말하는이의 인격파시간이써를것이닛가……하

지만 대개 말뿐으로 생각이 류통된다면 사람의사회에 음모가적어질것갓다。

현문학자들이 화성(火星)의무션던신을노앗다한다。 그연고는、망원경으로바래보기에화성에는사람들이살니라고、쓰거진 이디구와갓흐리라고추측되것이다。 그러나사람들이화성을알게된다음에 거긔와 롱행쌔지하게될것갓흐면 그쌔엔엇지될것일가즉—서로리로울가? 아—그것은 아모도사람으로는 예상키어려운일일것이다。 그러나 사람들은 그것을예상치못하면서 쓰엄려도남겨놋고 자긔네와비슷한듯한곳에 롱신을한다。 그결파는 사람들의 책임이안이고 운명의작난으로돌닌다。 이것은아무쌔에나아무럿치도안은 의례한일일것이다、그러나모도가다—갓흔의미에 지나지안는이일이 종종 파실을이르킨다。

수넌전에、엇던남자가 엇던녀자에게 염서를보내엇다。 그남자는 별로、난봉도안이엇고 그쌘안이라 진리(眞理)를 수색하는 학자라고도할만한사람이엿다。 그이가우연히엇던 녀자와친하게되엿섯다。 그들외사이는 것흐로보기에녀자가 남자애게 떡천

근하게하는듯하엿다。그러나 결국 그남자가 녀자에게떼둘나엇든지대개의사가 갓흘

것갓흘것 갓래섯는지 먼저편지롤닷발만하게섯다 그러나그결파는도로혁험악햇다。녀

자는곳그남자와절파하엿다。대개사람의장단이 거진거진 갓흘것갓고 의사(意思)가

웅통할뜻하면서 도모지 갓튼일이라고는 드물고 웅통하는일이라고는드물다。그럴것

갓트면 누구든지 제생각은 뭇어만벼리고 십흘것이나 그럿치도 못한것이 사람들의

살림사리인듯하다。

엇던부인이 일홈을감추시고 자긔부부간에불화한것보다 근본으로정의가업는것을

잡지에발표햇다。 얼는 그글을볼째 누구의것이로고나하는 생각이업지안어서 누구에

재무럿더니 파연 그럿단말이엿다。나로서 그글을 평론할의무는갓지못하엿스나、그정

경을생각할째 무엇인지그글에낫하난것만파 쓰글로인하여 되려다보이는내막이、좀더

달녀야할것이라고생각되엿다°그글로보면 반드시화려한것을 시려하지도안할 부인이

그남편의 화려한것파 죽그의영어선생이든P씨의 질소스러움이비꼬해지고, 더군다나

우월한애인을가지고싸지 잇다는이에게 련애심리가발동되엿다고 하엿다。 쏘 잇다큼 석 매사에비교해진다고 하엿다。하나내상상은 K씨가질구하고모진댓신 P씨는、상량 하고、화려하지안엇슬가한다。그러나、그쌀는고백가운데 나는얼마나 큰늣김을엇엇 슬가? 지금 내머리가 병드러누어서 책보는것을 금해야만할려임으로、다시 그잡지를 펴들지는못하매、혹 오전(誤傳)이오、전혀 내생각만이엇는지 모르나 무엇이든지 이런말이 잇섯다、「매사에 그이와갓치 해서는실수가업섯다」

아아 얼마나 늣김만흔말일가 얼마나 지성스러운 거룩한힘을、동경(憧憬)하는말일 가?

나로서는 이부인의 굿해하지안으려면서도 하는동경(憧憬)을 죠끔도 허룰수는 업 슬뿐안이라 좀더 그들의운명이 친절해서그들을 찰하리결합식혀주지 안엇나하고 감 격합을슨츨수업다。그와갓치、파실이업섯든사 피임은 물론 한사람<의노력이겟지 만 그래도운명(運命)의 도음이업스면 능하지못할듯하다 그런데、'그운명들은 엇재서 그턴뒤집힘파 그릇됨을 달고쓰게실현햇든고、만일P씨에게애인이업섯거나、그부인

의사랑이、K씨에게 조금도 향해지지안엇던들 이런비극은 일지안엇슬것이다。하나

「매사에그이와갓치해서는 파실이업섯고 쏘의론……해서도？ （나는分明히記憶

못함）이란말은 사람들의 사랑의게명이 되여야할、아주큰발전성（發展性）을가졋다。

그러타 모르는부인이여우리는、서로실수가업는 사피임을바란다。만일우리들의벗중

의한사람이 우리의게 실수를하게하고 자긔만 쇠침이를쎄이고 잘난체하면우리는 그

자자손손에게서지 절교를당부하자、아ー사람들은、사피일쌔、셔로명예를 존중히해

야 된다、그호의가、사람을영원케 할것이다。

엇던 미련한、부량자가 한참자라는 녀자에게 동정을해서 그의성장을 바라는듯이

달씀히 그순직한、마음을잇그러 놋코 하는말이 사랑은혼자만해도 쌓얼거리고

자긔가그를사랑하지도안으면서 녀자의마음만은 쓰려노으려하엿다。하나 될말인가

사랑은상대덕（相對的）이야 될것이다、쏘 천국（天國）에서 바돈듯한、아름다운시간파

행동파、밋붐이업스면 가망이업다。세상에는 사랑파비슷한 취정（醉情）이흔하여도 그

것이남겨놋는것은 무엇일가、리상파 리상을서로 달너가진남녀가、눈얼님으로 모혓다

가해진뒤에 아ㅡ그게으름 그뉘우침、그비방을 맛보지안한사람은 영원히행복일것이

다。

사람이어릴때에는、철이업서、감귀든어린몸으로 폭신폭신한 비단볼요우의 향내나

는 어머니의무릅에서 나무로 아무럿케나맨든 수레를타고 빙판위를돌고십허서 발버

둥이를 치든일도잇다。 하나 다자란후에는 그런일이업슬진대 망령된일이

다。 우리는어렷슬때、 자라면서 모든일을련습하고 남앗슴으로 자란뒤에는 힘써서

잘못이업도록하려한다、하나 사람이그럿케만은 바래지못하는것은 전혀우리의힘으로

만할수업는 다른큰힘이 우리의우에서 지뻐하는써닭이다。

아아 파실이업는참된째! 머리위로팡명을밧는듯한거록한째! 나의힘이멋백배로ㄴ

러서 큰의석을가지게될째! 모든사람들의 사정이족은이 아라질째는 어대로 오는것일

가。 우리는이턴째를 다만한사람의미소(微笑)와 한참나의 바눌쏫갓혼시선(視線)

으로도 쌔닷는다。

그러나、그쌀븐 동안에라도 착각(錯覺) 으로 오는것은 그르다。이러한 성스러운 참된

쌔가、사람들의게 내려오면 세상은 헌국이 될것이다。

아해들의 어머니들말이

『이애들아 왜개천을막니 그물이흘느지를못하면 쓸에물이피인다』

『이애들아 돌채를막지마라 우리수채로 물이도로 드러온다。』하고 말닌숫헤 아해

들은

〔이애들아 고만두자 우리어머니가 걱정하신다〕

「지애어머니쎄서도 걱정하신다」하면서 둘멩이들을 이리저리던지고 모래를파넙기

는듯하엿다。그러나좀잇다가 아해들은작란ㅅ거리가 업셔진닷인지 다ー들훗허저서

골복안이 둥를쎄 와갓치 죠용해젓다。

복잡한생각을듸립다하든 내머리는 펼ㅅ됩듯이압헛다。이째맛춤 Y씨가 차자왓다

나는오래 사피여와서 숭허물업는새임으로

「가세요 이다음낫거든 쏘오시고」해서 보냇다。실로약한몸으로는 피게하기가 곤란

하다 떡군단나 열렬한사랑은 내생명을아슬것이다。 그러나참되고만보면얼마나행복

되랴?

내생각에 내가,도모지사실을갓지안은 쏘그말을코우슴하는 실련햇다는말은 못된

지각업는사람들의 나를루구하는말갓다。사람이누구든지 엇지한 동거로든지 사피엿

다가 그교계가점점 더러워질째는 정하게해보고도십흘것이다。더군다나 순직한나를

쇠혀서 구렁텅이에 너흐려다가 결국저의들의 씌에저이가쌔저 애쓰는것이면 항복을

밧기전에 생각밋는데서지는 구해내도 보고십흘것이다。그러나 그동안에도 모든거짓

울니치고,다만호을로인 한사람과 참되게결합할 내최고한 리상은나를 비겁한행동

올하지말나고 며령할것이다、사람들에게 각가잇슬 최고한리상(最高理想)을나도가

아―그러한 사람들이여。나는련애를해 본일이업노라 정말로그럿라、쏘더군단나자

것다。사람들도 가져야만을켓다。

발떡으로해본일이、 금넌녀름셰지 분명이업섯노라。하나불행한 운명을라고난 나는 쌀는듯한 학업에 압설 결십파 복적을 가진몸이면서 불행이 열다섯에 집이패가해서 쌀갓흔것에게는 외국보낼여디 가업서지고、 햇섯기쌤에、 나로서는잘속아넘어질성질 을진인것도 안이엇마는、 부당자들의 수단에조종(操從)되엿슬쑨이엿다。다만그쑨이 엿노라· 나는이미 그런것들파 관계룰아쬬쓴엇스니、 쏘그쑨일것이다。

아ㅡ비웃는이들이여、 당신들이 나를 실런자라고 오래비우서왓다。하나불행이당신들은불행한운명을타고난 한처녀가、 불의의 능욕을밧고、 살기룰위해서、 섞어진기동으로 긔와장을 벗처온것을 도모지혜아려 주지못햇다。

당신들은 나를비웃기전에 내운명을 비우서야올을것이다、 나는이디경에겨우이로렷서도 힘잇는대로써와왓노라。

아아 벗들이여 더러운시내물이、 돌샤흘너서그동안에도、 합해질 여러냇길파 강파 바다와가늘게 굴게、 쌀게 길게、 머무럿다 급햇다、 천천햇다、 모든일이당연한듯이 셔로 합해도지고갈니워도엇스리라。그동안에는 너의들중의 한녀인의말파갓치 정하

든것이 더러워지고 더럽든것이 정해도저서 내가되고 바다가되고 쓰싸지기도햇슬것
이다。

(九月十日、 正午草稿대로)

네 自身의 우혜

오 ──彌實아, 二十八年間의 네 생활이 쓰라리다고、 지루하고억울하엿다고 생각지

안니?

외롭고 서른탄실아!

네적은발길이 날마다날마다、북망산속무덤돌의새이보담도 더무시무시하고 써리운고

개들을암암한 눈물에어리여더듬어넘길째、네울든눈이무엇이라고 하늘을우르러말하

느냐。

──이뿐임닛가 더어려운것이쏘잇슴닛가? 그러나거짓말만듯지안케해줍쇼。단지

원이 그럿슴니다──그몸서리가스사로이러나는거짓말의 오해(誤解)만입지안케해줍

쇼──

칠팔세의 어리든네가 기다란옥방맹이돌우헤서 적은얼골을대고

──하나님、정말죽게해줍쇼 그리고 내죽엄으로 우리엄마의죄를 사해줍쇼──

하고 자즈러쓰릴때 너는그때부터 살기가실라고생각한것이다。

그러나 거긔서보담도 날마다날마다 어려워만가는것을 너는지금것참아왓다。언제

든지 오해로밧는루명속에——네몸이결백햇것만 자백도분명히못하고 네몸에어울니지

안는누덕이를입히고 사라왓다。너는어릴때부터、양긔로운아해는못된다

럿치못한것을책하면 그것은무리다、여덜살이채못된어린몸이 죽엄을빈것은그몸이비

단에쌔엇섯슬지언정 쏘양친의 헤사리심속에자랏슬지언정、어대로서오는지 알길이

업는슯흠을 너호을로 타고나온세닭이엇다。

누가、네외로움을 낫지못하게하는이상에 네양긔롭지못함을 무르랴마는、거긔는

깁흐깁흔、비밀이숨어잇다。

사람이모르는 서른비밀을호을로품고 맛당히지나가야할 길들을지낫슬네가、오해

속에잠겨서이십팔년간을사러왓다。

이세상에나온지몃칠이 못되여네어머니는 다시동생을배이게되엿슬째、너는어머니

젓줄에서써러저 유모의낫선품에안기면서부터무엇을우럿스랴……。

그러나 자라나는 생명의 이상스러운 힘은 네몸우에 도소삿다。언제든지 유페가 아
니면 추방속에서 남모르는 비밀의 삶을사라온녀는、학교에가지말나고 갓치우거나 비
거나말거나 내버려둔다고 내쫏기우든 것이 원인되여서、네어린 복숨우헤 여러가지 비
극을 이르켜왓다。
추방(追放)과 유페(幽閉) 그것은 녀무나 동셔러진 일이면서도 한곳에 달녀잇는 일들
이아나냐 그러나 엇지하여 편하지 못하엿느냐。
반도안에 둘재가는 큰도회처에 쓰거긔서도 권력잇는 진의귀한 쩌님으로 여러사람들
우헤 밧들녀 길녀운녀는、부자집며나리、쓰행세하는 집졈은부인、그러한 대면사를 능
히밧을 몸이엿다。
무엇쌤에、열살이 못된 어린몸이 어머니의품을써나、그사나운 무지하고 천박한 모르
는사람들의 학대아래 들복기기시작하엿느냐。
그역시 네가라고난 비밀의힘이엿드냐 오々그럿라。
네어린 생명의싹이 자람을쩌라、네게숨어잇는 큰비밀도 나날이 자랏다、아니그이상

더자라낫다、네육신이차라리 만혼병을알코 발육이완전치못하엿슬지언정、네마음속

의신비한비밀의힘은 급속도로자라낫다。

그힘을써라네게는、호긔심(好奇心)이랄가、혹은지식욕이랄가하는 불가사의 (不可

思議)의힘이 부플늘째로부푸러 올낫다。

나날이자라면자랏지 줄지는안는힘을 좁은가삼속에、넘치도록품고、싸늣한방아래

록에서 남모르는눈물에 제절로네몸을망첫서야을흐랴、그럿치아늘것갓흐면 지금네가

거러온 추방(追放)의길을거러온것이 잘못이아니냐。

오오、유페되지안으면 추방될운명을라고나온 아즉젊은사람아。그것이네배경이엿

고나、

그러나 너는 엇더한해결을엇엇느냐、추방에서 방랑에서 류리에서、엇은것이그무

엇이냐。

사람아、머리를가다듬고 모든분로와、반항을이저바리고 순진한내몸에도라가생각

해보자

너는아모것도풀지못햇다、오즉문데에 문데를덧붓치엇슬뿐이다。그러나 네지식욕

이줄지는안엇다할지라도 그만흔문데를녀는 엇더케다—푸러나가랴느냐。

너는네어릴쌔에밧은 미듬에서머리를돌녀고、

사후텬당(死後天堂)이란문구를비웃는지오래다。

그러나 녀는실재한신(實在한神)을찻지못하는비극물이아니냐、미듬을일혼비극물아

헌것을허러는버렷서도、새것을세울수업는미물아 모든문데는 미듬에서만풀것이어늘

네문데를 푸러내일미듬은 네게는잇지안코나。

학대밧은사람아、네자신우에고요히도라가 정밀히생각해보랴。 네추방의길우헤서

무엇을보앗는가？무엇을생각하엿는가、깁히＜반성하여보라。

아아 그러나 네가고요하게되여 정밀한마음을 직히랴면 직힐사록、내몸이점점 분

함파 억울함에 북도두워짐을 너는엇지하랴느냐？

그러라 사람아、그것이당연한일이다、한사람의게밧은 한능욕파、멸시로된——네

모든수치의 저수지(貯水池)가、어느날하로 잇칠날이잇섯스랴。

하물며 그로인해서 모―든세상에게 돌니워진오늘날 이처디에서라、의로운절벽우

해호을로선 이처디에서라。

영구할수치와 싸한 끈옥、예한몸을위햇서는 아직 엇더한평안함도잇그려울수잇겟

거늘부질업시 모―든 흰옷입은사람들에게 돌니우고 거긔서도또 학대를더 주지못해서

흐믈거리는그정정에서랴。

사람아 사람아、치썰니는고개를돌니자、사람으로서는 이분함과이억울함을 더참을

수업슬것이다。오오그럿짜! 탄실아?

조선의 선도자로、불명예한일을다햇스니、명예도 세처본다고、힘쓰든것은 어린게

집아해의 도적놈에게、인정이잇스리라고하던헷소리다、헷소리다。

이반도안에 모―든사람들이사욕만찻고 영화만찻거늘 너호을로 돌니워서、조국을

위하느니열성을다하느니 하는것은헷소리다。그러나 너는지금네머리를돌닐째를당해

서도、저―어느나라도회에서 네쌈을붉히고、너를칭찬해주고 도와주든네운인에게

「조선사람은 못난이가 아닙니다。그들은당신들이 합방을석헌후로 연해생활력이쇠

참해지는탓임니다。그원인이엇의잇는지는 당신들이 잘아실것임니다」하고 반항하든

것을후회치는안는다、쏘 어느청년에게、

『나、일본에와잇스면 일본녀자들의 탁월함에눌녀워서。아모것도모르는편이지만

조선가면、조선을위해서 도읍는편이될지몰나요。그러닛가 내몸은 내사사로운정의

자유가못됩니다」하든말들을 후회친안을것이다。

사람아 네더운뜻을 이반도안에서 이백성들과가티、이루지못할것이면 차라리 녜자

신우에만힘써 보라。참으로사람으로서는오래인학대와 곤욕을못당하느니라。오오 그

려나 그러나 조선아 조선아 이제한번은삷혀보라、이제한번은 헤아려보라 나와 녜

가얼만한 사나운리해력(理解力)만을품고 사라왓나!

오오、지금것우리들에게는 미덥이란참으로거짓말이엿다。정말잇지도안은말이엿다。

탄실아、녀는네 숨질뜻이압흔가삼을 네손으로눌느고、조국을써나면서 두마듸의말을

범기고간다。

『생각이밋거든곳실행합쇼、자신을속히듯이 남을속여서무함하지마시요」

쏘다시 방랑의길우헤설몸아、그럿타ㅡ 쩌나라ㅡ이도회안에서는 네쌍이업다、네쌍

어업다 집이업다 동모가업다。

그러나 탄실아 탄실아、지금이가티 되여 쩌나면서 눈물을거두라、부질업시운대야

네몸이상할쑨이다、이도회안에는 네우름을 가티우러줄사람은 업다、

모ㅡ든것이허사이엿다。

탄실아 이제한번은 단지너를위하야 이러나보자、모든것을이저바리고 모든인정을

풀너치고、이제다시 이러나자。

그래서 너는어느 도회에가서단지네한몸의 영화로움을위해서학식을엇는다。

오々 그러나 쩌나는탄실아、쩌내보내는 조선아、 너희들은 다시한번 붓들고 이야

기해볼필요가업느냐? 엇재서 말동모라도되여볼、사람이업느냐 엇재서자긔가 나은

것을 품어줄인정이업느냐 엇재서、약한몸이 멀너쩌난다는데、눈물이업느냐。

오오 창부(娼婦)의 그것만못한탓이냐。이무정한것아。

탄실아 너는간다。네한몸의영화로운지식을엇기위해서 너는간다。그리고입을담은

당.

오오 탄실아 탄실아。

녜한몸의 문데만풀녀 너는간다。

(一九二四年十二月三日草稿)

系統업는 消息의 一節

상해(上海)게시다는 소군(昭君)언니!

우리들의 소녀시대(少女時代)에 음악가(音樂家)이시든 언니가……써―ㄹ갓다

든 어린시인(詩人)이라든 소녀를긔억하신다고?………머리는 검고숫하고 키는날진

하고 얼골이동글고 몹시통통하든 눈섭질알고 콧날섯든………。언늬! 언늬― 벌서八

九년전일임니다。저는남포(南浦)가서 언늬를차젓지요하나거커는 임의안게십듸다。그

러고 당신의귀여운딸이 호올로 어머니업는집에 남어서 엉지일혼병아리모양으로 뱅

뱅도라단임되다 그쌔는모든것이 눈물겹든 시대인고로 그어린아해의정경을생각하고

는 남몰내 소리업시 우럿지요。

이七月장마전으로 긔억합니다마는 좀더전(前)이 아니엇나하고 머리를빗드리려봄니

다。비방울이오다가 쑤리기시작할쌔 그동안 상해가잇섯더라는 S씨가차자와서

언늬 소식을전합듸다――상해서가뎡(家庭)을이루시고 여가에음악을연구하신다고 그

런데저더러 리ー…드를지어보내라신다고 작곡(作曲)하실터이라고──듯기를다한저는

휘ー한숨을내쉼엇슴니다。두억개가급히무거워진탓으로 좁운호흡긔(呼吸器)가 압축

(押縮)을 당해서호흡이잠간곤란햇든모양임니다。그쌔그것이 다만제대답이엇섯슴니

다。휘한숨 쉰것이。

만일다른사람이그렷케 부탁한다면 단번에『네 쌔짓것더러 내리드를처치하라고주어』

하고롱담을사양치안엇슬 제가 전일에존경하든 언니가좀어렵기는하든모양임니다。하

나무엇을노래하릿가、무엇을숨허하고무엇을저주(咀呪)한담닛가、쌔누구에게향해서…

……? 저는마음속에 모ー든애수(哀愁)를불너 보앗지요 전후의환희(歡喜)와 포만

(飽滿)파 긔갈(飢渴)의 고통도 다불너보앗지요、하나 내혼(魂)은어느구름쌍에 올나

가숨엇는지요 쓰내 그압흔동경(憧憬)은 어느여울탁에서아득거리는지요 내모든회

상(回想)과 상상(想像)이 아련히 맛업는말파말씀에、롱담가른 환영(幻影)속에 아득

일뿐이엇슴니다。

하든것을 장마진동안의 어느저녁쌔 저는어린애가티 시르레기소리와 어린맴이소

리가비슷하다고 골목박게 백양(白楊)나무에서 시ー르실 들녀으는 풋소리를 귀기우

려듯노라닛가 쏘다시 S씨가와서 어서 상해보낼 리ー드를 달라고 재촉(再促)합듸다

그쩨나는『응?』소리를내이고 저거들니는 저소리가 맴이소리야 시르레기소리야』무

렷슴니다。 친구는귀가맥혀서 눈을쏭그렷케쓰고,

『사르레기는아니구 그건다 머요 어서리ー드나내노아요, 그러기만하면 책이잘팔닐

걸 두분이다 이름잇는이닛가』하고 구상(構想)도하기전에 책팔닐때를말합듸다。 나

는못드른체하고,

『얼마나 애처럼도록어린소리인고 그음성으로 그주인(主人)을찻지못하도록 어리

니 그래도저 소리를 내이기세지는 생활의 멧게단(階段)을 넘어섯슬것이다。금벙이시

대에서ーー시르레기라든지혹은어린맴이라든지ーー에 이르기세지는남모르는 노력

(努力)이 잇섯슬것이고거긔 싸르는 비애(悲哀)도업지못할것이다。그럼으로부르는노

랠가?ーー향상(向上)은 향상일다만은 시르레기로 시르레기소리를분명이 내이게되

고맴이로맴이의소리를분명히내이게되려면 각각 자긔(自己)의 선명한생활이필요할

것이다」무엇이든지 생활에는향상이잇슬것이고 거긔싸라서 노래가우러난다。그럼으

로 一二年전에포만(飽滿)을 거억하고 아즉도긔갈을모르든 내게는미약한향상이 잇

섯슬지모르지만 생활다운생활의계단을넘어선것이업섯고 인(因)하야 노래는우러나

울리가업섯다。다만나는 희미하게생각한다、

주려서 그리는이에게만 생활다운 생활이잇슬것이라고、一二年에 중독(中毒)이 이

가티 오래가거든뎌부요(富饒)한이들의 생활이 얼마나그리면(裏面)에 하펴이나도록

컨태(倦怠)를이르킬것은 다시부를눈구(文句) 가업다。다시생활다운생활을갓지못하

게되엿든나는 자연히 지난생활을엇볼마음이이러난다。──엇던묘령(妙齡)의女피

아니스트가 엇썬묘령의女시인(詩人)파 똥거(同居)할세女피아니스트는 女시인에게

날마다 날마다 쇼판파、리스트와、슈ー만파、쓰슈벨드、쌔하、쑥람쓰、멘델존、쎄ー

도벤의곡됴들을 아는대로 번가라 처서들니다가 내종에종자(種子)가쓴치여서 女시

인의 말은업시

「굿치라 벗이여!그곡됴는대단이숙련되여들니나 첫날감명(感銘)만못해서두통(頭

痛)을이르키나』하는듯한손질을밧앗다거긔서피아니스르는아름다운눈에눈물을머음고

『아―우리들이매일이가티 밤에는밤잠안자고두리속살거리고 낫에는공부실에맛안 저서쏘생각을가티하니 거긔서어느름에 벗을새로히깁부게할 준비가잇섯겟슴닛가』하고한탄햇다。그로부러그다음에도이와가튼일이 종종잇게되엿섯다。첫재女시인은사랑하는 피아니스트의피아노우에 새로히 쇠자줄씃을고르기가 큰곤란이되여젓다。그는씃파는집이란씃파는집은 다―도라단녀도 매일가티새로운씃을고를수는업섯다。피아니스트의련습과 시인의창작(創作)은 유명무실하게되엿섯다。그러자두사랑하든사람은 서로 애인(愛人)을 위로할재산이 말나서 상의한결과 별거(別居)하고둠은둠은만나서랑독(朗讀)을하고 독주(獨奏)를 해들너게되엿섯다。

이보담다른 이야기가쏘하나잇다。쌍々한부인과 훌쪽한녀자가 구단(九段)치바치를 나란히거러올나갈째 머리털을 느러르려 기른 화가(畵家)가 지나다가 쌍々한부인을보고

『얼마나 호긔심(好奇心)을 만히가진 녀자일가 필경 새두머리가지나도 부러움업

시는안볼걸』하고.다시흘쏙한녀자에게

『그아름다운눈 어듸싸지시선(視線)을 놉혓노 그눈밋테는귀한것이업겟다 그나른

한테격은 왜좀더풍부치못한가 하고 쑹얼거렷다。거긔서 쑹々한부인의말이 일어를

몰나서 말삭률 못아라드렷든지

『나를 다ー미인(美人)이래요 요새는 쏘쑹々한것이아름답다고 한대요』하고 홀쏙

·한녀자에게자랑햇다。

『아니그야 표준을 지을수가잇겟슴닛가 개인(個人)의 각각취미(趣味)일터이닛가

하지만 당신이아름다워뵈이는것은 거짓이아니요』하엿다 거긔서 쏘쑹々한부인은 화

제(話題)를 곳치여

『이것보세요 ○○씨와 당신은어제밤에 ○○하엿지요 그래서 오늘당신의얼골이

그럿케 창백(蒼白)하지요』하고속색엿다。이째홀쏙한녀자는우스며

『우리는 사랑이안이엇섯서요 처음맛날째도 외로운내가인정(人情)에잇슬니엿든

편이엿고아모리해(理解)가 잇다든지 공명(共鳴)이 잇섯든것은 아니고 ○○씨의누

님파 ○○씨가나를얼골입분녀자로플는것이원인이닛가」하고호소햇다。

「그러면 당신은 전날말슴파갓치 고향으로가시겟슴니다그려。○○씨를두고……

나는○○씨가든이가조와요 아―그이는얼마나아름다운남자일가요』하고 발색리를내

『○○씨는 지금나와가티잇지만 ○○에주리엿스닛가 한편으로당신가든이를 좃케

볼지모르지만 대개는 ○○씨가든녀자를 칭찬합듸다。내생각에 그런이……를 소개할

수잇섯드라면조왓서요 내가두달전부터고향으로간다고햇지만 ○○씨는나와 매일가

리씨홈만하려고 내키(貴)한것을모르는심사를건드려주닛가 도모지가티잇슬수는업서

요。그럿케나를위해모든희생을앗기지안엇다고 매일가티강도를들니는이를두고내가

얼는써날수도업고 쏘려비(旅費)도 나는어듸가달날데 가업스닛가……? 하지만아모

도기다려주지안는고향에 나는얼마나도라가고십흘가요 거긔가서내가살려면 문전걸

식(門前乞食)하는수박게업겟지만그래도고향의짱을발버 보고십허요 금방그흙내음새

를맛고 그자리에푹쓰러저죽는대도!』하고흙흙늣겻섯다。그후에한달이지나서 홀쏙

한녀자는○○씨와 소위 민첩한 감정을「내가더 만히가 젓노라」는듯이 五厘五分의개책 을날마다서로쓰다가 헤저서 그리운고향에 도라왓섯다。도라온그는 날마다○○씨의 소식을보앗다。그는멋마듸의불상한 정경을써서 답장을하기도하다가 고만긋치엇다。그다음에쏘○○씨는 쌍々한부인의말을써서 「그것이매일가티차자온다」고 케찬은듯이 써보냇슴으로 그는위로하는듯이 「무슨사건이생겨서 무르러오는것아님닛가? 나는아버니가 허락치안으시닛가당신 올다신맛날수업지만」써보냇다。그후에 고향에간홀쏙한녀자는 ○○씨가그쌍々한 부인파가티되여서 홀쏙한녀자와 삼각판게(三角關係)를 지여서 홀쏙한녀자를 고향으로돌려보내고 가티산다는 선전을들엇다。그선전은맛춤 그가 ○○씨의──디옥(地獄)의맨밋흘헤매인다──는소식을보다가 씨저버린멋철후이엿다。그럼으로홀쏙한그는 쓰게우섯다。거긔서 이두서넛의생활을비기면 홀쏙한녀자는내면(內面)으로 승리(勝利)라면 승리일지모르지만그가웃는이만치 포만(飽滿)이잇섯다。그러나그두 사람은 생활의게단을넘어서서 엇썬날은저주하고 엇썬날은 호소할곳을몰낫겟지만 임

의자긔를사랑하지안흔 녀자와 리별(離別)하고 자긔를몹시사랑하는녀자와맛나서 명

예를엇고십도록생활상수단을롱락햇다。거긔에는 나을노래가수단으로변하엿는지모로

나 확실이굼뱅이에서 맴이된이만한 생활상향상이잇섯슬것이다。그러나 홀쏙한 지극

히놉흔곳만처음부터바라보든그에게는향상은업섯고 오즉사랑하지안은 남녀(男女)가

동거(同居)했다는가책(苛責)이남엇섯다。이두이야기를생각하면 반드시주리는편에만

생활이잇고 게단을넘어설여유가잇섯다。그러나 사람은 그능력범위(能力範圍)밧긧것

을 자긔의 리성(理性)으로제재(制裁)헤 가면서속으로가만히 숨켜서 동경(憧憬)하닛

가 굿센 리성(理性)의힘에눌니여서깁흔사랑이 그표현(表現)을 못어들때 차라리

참으로미워서 눈을감고낫츨돌니는것과 무엇이다르랴。올타——그런생활속에 노래가

생진다 서름이일어난다 그쌔는놉흔곳을향해서노래를불하지……하나이것은역시좀 마

성(魔性)을가젓다。그보담엇던 절대(絕對)로외롭든혼이사람이그리댕기지 안는적막

경(寂寞境)에배회하다가 우연히큰힘을가진한혼을 맛나서저 므른사막(沙漠)에달빗을

빗치듯이외로운 정경에정화(情火)가 등불을켓다면 거긔에는 무슨 질투(嫉妬)나 음

모(陰謀)가 익슷겁우아니고 사상(思想)과 사상이 융합(融合)한 완전한세게가 이루

워진다 그쌔는 참 노래가 나올것이지? 거긔서 잔채를베풀듯이 여러사람을 깃겁게할

정조(情調)가 사람들이사는 쌍덩어리와사회와 쏘 국가(國家)에 세지향해서 사랑

을 선언(宣言)하고 단결(團結)을 맹세한다。그것이노래가아닐가 만일다만두사람이

나 혼자서숙은거리리면 그것은속색이다。소리를놉혀크게부르는것은 귀가진 청중(聽衆)

을 무시(無視)할수는업다。그럼으로노래는——구가(謳歌)는 사랑하는혼이 생명을

살닐 진리(眞理)를 차즌것이다。그안에서 고원(高遠)한곳을바라는혼은비굴하기를쓰

리며 교만(驕慢)하기를 시려한다。그래서 노래를불너 자긔네의잔채에서사람들을 인도

(引導)한다。」하고이가리생각하면서 여전히시르레기소리를듯는체 하고잇섯습니다。

친구는 고만재미가업서저서 성난듯이『무엇을그럿케 생각해요』하고 가버럿습니다。

하나 언니여 노래는아즉 도입밧게내서 부를것이나오지안슴니다。아아제속에는리

상(理想)에 불타는 사람들파가티하게하자는애착(愛着)이 밀어(密語)가 되여새 평명

울어든듯이 장차자라날희망을가지고 우슴우섯든것임니다。이두문불출(杜門不出)하

는 한간방안에는 남모르는 자신(自信)과 길한행복이 숨엇슴니다。그것은 새 진리

(眞理)가저를살닌탓임니다。

아츰에는동창으로 저녁에는서창으로 불가튼여름볏이 나들이번가라쬐이되

가을하늘가티맑은서늘함이잇슴니다。

하나 아모도차자오는사람은 이고열(苦熱)에업슴니다。쏘아무도친절이해주지도안

음니다。그럿치만——사랑이모—든것을낫는 거긔에들면 리성이주도(周到)한 방

비(防備)를해서 남의방해를바들리도업고 쏘음모와쇠긔가쓸데업슴니다。

하나 언뇌여 숨흐지안음닛가 사랑은지극히 드물게 잇슴니다。사람의 인격완성(人

格完成)과 가티드물게잇슴니다。아득거리고 변하고속이는것이사랑이안임은 당연함

니다。

참사랑을어드면노래하지요 그때세지밀어(密語)임니다。지금생각만은 파초님가티

서늘하고 무성함니다。마는 장차두령혼이융합(融合)한이후의짱우를것은 노래는바다

가리싸고 피가티붉으리라 사랑이사랑이민족(民族)의설음을 안볼리가잇겟슴닛가。

그때에는내 노래에바람가튼 저주、호수가튼 위로、구름가튼 우수(憂愁) 대양(大洋)가튼로염(怒炎)을붓처서 곡됴를읇허줍소、그러면 그때썩지 쓰지요!

(一九二四年八月十日正午草稿대로)

봄네거리에서서

다시봄이 도라왓다.

「어린이의 짠머리에 선 어머니의 마음가티」무겁게 쌍밋흐로 주저안고 십허하든 하늘이 맑은우슴을 씌고 곱게개엿다.

쌍우에 싸엿든 눈이 흔적도 업시 녹아든다. 네길거리를 지나는 바람이 이골목으로 드나 저골목으로 드나 날빗흘 쌔라마시는 나무가지에 부듸칠째는 필경 봄을 고하려니 하고 생각하여진다.

봄이다 봄이다 내마음속에 무엇이 속살거린다 참으로 봄인가보다. 멀니바라다보이는 나무가지들에도 봄이왓다는 생각을 아니가질수업는봄인가부다. 쌔무엇이 이럿케 대답한다.

묵거운마음파 가벼운마음이 봄을늬약이하는, 내마음속 맨밋흘 구버본다.

엇지하엿느냐 아해야 엇지하엿느냐 아해야 우왜 눈물갓흔것을 아주 씻지못하느나?

내입살이 제절로 내몸우에부르지진다。

하나 묵어운 묵어운 내마음속 맨밑혼 울음을 굿치지못한다。아아 내입살온 탄석한 다。

—— 너는봄을 몰느는고나 불상한아해야 너는지금쎄지 봄을못보앗고나。

—— 울음을 굿치라 엇저녁에 네운명의신이 쑴가운데서는 박귀지 안엇드냐 너는 지금붓허 천천한거름으로거러갈수 잇지안으냐。

—— 봄이다 봄이다 아즉늣지안은아해야 씌고 노러라 네눈은 아즉빗나고 네쌤은 아즉붉지안으냐 지나는 한초……한분……들이다。네게 빗홀보이는듯 십지안으냐。

탄석이 위로로 변하야 제자신을 위로한다。하나 내마음속맨밑혼 그쎄진것으로 위로를밧을수업시 울음을 굿칠줄을몰는다。

가볍게 들쓰려든 마음파 무섭게 가라안즈려든마음이 엉크러저서운다。

세상에는봄이 왓스되 네게는 쎄일줄몰느는겨울이다 세상은 봄옷을닙으되 너는겨울

……의누덕이를벗지못한다.

진—겨울 묵어운 누덕이 얼마나 지리한 것이랴 하물며 세상이 다—화려한장석을한 봄

녀거리에 서서야 얼마나 쓰라릴것이냐.

화려할소녀의 시대를 능욕과 학대의게 쌔앗기고 너는 이 십년간 얼마나 압흐게

우러왓드냐. 길을지나는 낫녀운얼골들이다 네게무엇을말하느냐.

가슴을 두들기며 멧밤울새워가며, 길거리를지나는, 가장낫녀어 보이는 사람에게

네마음을푸러 뵈인대야 알고습흘 사람이 잇슬지는몰느냐 가슴속 김히 백힌 네설음

이 쉽게 옴겨질것이냐……윈—몸과 윈마음이 한데 엉크러저서 울음을 긋칠줄 몰

느고운다.

— 슯흔사람에게는 사랑도업고 희망도업다. 다만설음 그것만 잇슬것이다. 그외에

는아모것도업다.

그는 모든 일허진 파거를 갓다준대야 지금에너르러 깃거워할것이안이고, 깃거워 할것

다냐. 「내가너를사랑한다」하고 귀밋혜 속색여준대야 귀치안을쑌이고, 더군

이안이다。

엇썬친구가、 쓸쓸한얼굴로、

『누가 먼저 내게사랑을한다면 나도하리라 그러지안코 나는용긔가업다』하고

턱냥이 업는말을햇다。 아아 얼마나、 생각업는자긔를 더럽히는 말이냐、 그때 우스

면서 그친구에게한말이 다시생각난다。

『친구여、 저편에서、 공연히 친구를보지도안코、 사랑을해준다면 친구는 얼마나 귀

치안코 모욕을쌔달을것인가、 친구야 그런맘을버리고 로동을해 보거나 그럿치안으면

울어보라』。 참으로그 밧게는 하는수가업다。

세상에、 남이나를사랑한다닛가 턱업시、 그품갑흠으로 사랑이업는 갈것일가?

아모리해도 십여년치위에 써러온내마음으로도 습여년누덱이를 못버슨 내마음으로

도、 생각이들지못한다。

만일 몰느는사람이 내게 사랑스럽다고 말해준다면。 나는곳 그사람에게 마음이

쭐니기는고사하고 언뜻 마음속깁히백여진 그림자에게 향해서 말업는것을 한탄할것

이다。

하나 나는 내마음속 깁히 백힌 내그림자에게、아모말못하고、룩년간울어왓다。

그는나와 몸모양이갓다、생각이갓고 쩌라서말이갓햇다。

하나、진―겨울못버슨 누덱이에 쌔힌몸으로、엇지행동이 갓흐랴 그턴고로、긴진

밤에、조을니는눈을 냉수로 적서가며 글을쓰면서도 누덱이에 눌우는팔을 키―우

에 눌니면서도、

「내가당신을、사랑합니다 아모리안하려고해도 그래짐니다」

이한마듸를못한다、

나와 내마음속에 백힌 그림자의주인과는、운명적으로 접근할수업는것이다。두사람

온 선천적으로나 후천적으로나 접근할수도업는것이다 이것을아는、나는구태여내마

음속에 백여진 그림자에게갓가히하려고 하지안는다。그뿐안이라 나는 그 그림자의

주인이 눈압헤 뵈이면、나는 눈을감을것이고、쏘갓가히온다면、나는피할것이다。하

나 나는 그를사랑하는것이다 내가 세상에나와서、죽을째까지 꼭하나인그를 꼭한마

음으로 일초일분도 마음을 곳치지못하고 그를사랑하는것이다。내혜쭌입이 엿던부

량자에게、『내가녀를사랑한다』고、짓거리는 동안에도 쏘엇던、밋친것에게、당신갓

치、잘난사람을 사랑치안을수잇슬가요하고、피롭게우스며 조롱하는동안에도、내사

랑은 내마음속에뻑힌 한그림우에쏫아저서 그박게흐르지안을것이다。

사면을 훠들녀보아도 겨울인 내경우로、쌔뜻한 사오월인정의 쏫들가운데、내그림자

의주인을 못이저그마음을 직힌다면、얼는우스리라、하나、나는 그에게서가아니면

내자신의 리상과갓혼 말파행실을 못보앗다。그럿라고、내가、그에게、고백을 못하

는것은 경우가다르고、쌔라셔 세상이 나와 그를 쏙갓치보지 안는탓이다。하나 세상

온몰나도 나는 천하의미인이 천하의추물파쏙 갓혼것을 드문드문보왓다 해도그미인

이란 작자는、그추물이갓가히 오면셔、내가녀와갓다고하면 노열것이다。해도 그추

물이 만일 나는녀보다낫다고 할것이면、그는고만웃고、 말것이지만 쏙갓다고하면

성낼것이다。

그와갓치、갓다는말은 가장책임이 만혼말이다。동시에、서로알것이란말이되여진

다, 안다는것! 안다는것! 이한마디가, 세상에는제일귀한말이되여진다。먼저 자기를

안다음에 남을아는것, 이것만이귀하다。 이것이사랑을이루고, 가정을이루고, 사회

률이루고 국가를이루워야 편할것이다。

그러나, 엇지해서, 저편에서 나를사랑하는 줄알것이냐? 나는이것을 말할줄몰는

다만차고쌀쌀스러운 일은봄바람을, 치움다고 겨울바람으로만 알면, 모ㅡ든사람이

꼿을피워보지못할것이다。 하나 임의 죽은나무나, 살아서 성해엇는나무는 그봄소식

울늘것이다。 이와갓치、 생명을가지고、 잇는소식을기다리든모ㅡ든사람이、 자귀를

아는 사람이 나를사랑한다는 것을 알것이안인가하고 생각한다。

아아 봄녀거리에서서, 날이저물엇다、 저녁안개가、 길가에던선과 놉흔집웅과 빗

나는 팡피판들을어렴푸시뵈인다。 아득이기쉬운쎄이로고나하고、 울든마음이 정신을

차린다。 길지나가는 눈씨들이 거듭거듭시선을던진다。 거러가든 발거름들이, 멈춧

멈춧세서서바라본다。

「미인이로고나」

『학생이안이야』

이러한말들이、 내울든쌤을 근지럽게친다、 근지럽은것은 압흠만못하게、 속이 쓰라리

다 차라리 매를맛는것이 나을것갓다。

다시 봄이왓다。

누덱이를、 쓴몸으로도、 화려한것이그립다 싸쯧한것이부럽다 생각해진다。

봄네거리에섯든 내발이 저녁안개에속아서 남문을향하야 거러가다가 도라서서북으

로 거러 간다。

아아북에는 내경우가 잇다。 운명이잇다。 나는 그것을 못벗는다。

도 라 다 볼 쌔

（小說二篇）

도 라 다 볼 쌔 (改稿)

一

여름밤이다 둥그러가는 열닛흘의달빗이 이슬내리는대긔(大氣)속에서 은실가치서

리여서 련못가를거느리는 서름만흔 가삼속에 허득여든다。

이슬을먹음은 풀밧헤서 반듸불이 드나드러 달빗을밧은이슬방울파 어리여서는 꿈

중에 진주인지 풀밧헤불꼿인지 반짝〜한다。

소련은거느리든 발거름을멈추고 련못가에 조는듯이안젓다。 바람이언덕으로부러

부러내려서 련넙들이 소련을향하야 굽실굽실절을하듯이 흐느적거렷다。 무엇인지

듯지도못하든 남방(南邦)의 창자를쓴는듯한서름이 눈압헤 아련아련한다。

맛치그의생각이 눈압헤이름지을수업는일들을 과거(過去)인지 미래(未來)인지 분

간치못하게합파갓다。

옴침히 조용한 최병셔집 셔편울라리박게서는 아해들이 하늘을치어다보면서

『별하나 나하나 별두흘 나두흘 별셋 나셋 별백 나백 별천 나천』하고 노란소리들을 서로 불너밧고주엇다。이어린 소리들이 그의가삼속맨밋세지드러서

『왜、결합된한생명가티 한법측아래 한미듬으로 이세상을지나면서 하필남북에허여저잇다가、우연히 쏘한성에모히게되여서도 맛나지도못하고울지안으면 안되엿느냐』하고 애닯은 운방울을흔드럿다

『그러나아모도 우리를못맛나게할사람은업는것이안이냐 가튼회당에모힐몸이』하고 쏘다시맛날가말가 오뢰할째 이생각의 아―득함을 쎄두르는듯이 귀쑤램이그들의코러쓰를간단이업기어울넛다。

여름밤하늘의 맑음이 하늘가운데로 운하를건늬고 그가운데던저바렷다는『얼포이쓰』의 슯흔거문고를 지금이밤에 그윽히들녀주는듯하다。

구원(久遠)한 하날을우르러 옛 사람들이지은 옛이야기가 쏘다시그머리위에 포개여저서 서름을북도든다。

소련은 이슬에저저서 역시이날도뒷방삼간속으로드러갓다。그는문을잠그려다가

방문을여러 노은채 발ㄹ을느리다 말고 우득허니섯섯다。

잇쩨맛참 창던리 언덕길아래로 지나는사람들의음성이

『이집이지?』

『웅——』

『송군 자—언덕위로라도 올나가서 잠간이라도보게그려、 그렷케맑은 피게새이엇는

데 못맛날벌을밧을 죄가 웨 잇단말인가』

『원! 그렷치안트래도 생각해보게 남의잠잠한행복을 쌔트릴 의리가 어듸잇겟나』

『그럴것이면 그련련한생각조차 씨순듯이업시하든지……』하면서 이야기하는 발

소리들은 소련이가 향해선 벽돌담밋싸지갓가히오면서

『리군 이겄이 유령(幽靈)도아니고 동물도아닌사람의 우수 憂愁)일것일세 자—부

질업스니 내려가세 겹겹히벽돌로 싸아놉힌 담박게와서서본다기로、무순위로가잇겟

나」하고「한발소리가 급급히내려가면서

『리군 어서가셔Y 孃의반주(伴奏)할것을좀더 분명히 익혀주게」하매 그뒤로다튼발

소리돌도、싸라 내려가는듯하다。

소련은 쏘다시 소곰긔동이 된듯이 그자리에섯섯다。 이 순간이지나자 그의마음속 온끔히부르지진다——

「오— 송씨의음성이다、그이가안이면 어듸서그런음성을가진사람이잇스랴 그럿타 그럿타」하고그는보선발로 벽돌담밋새지쒸여내려가서 뒷문을여르려고하나、빗장 울튼튼히찔느고잠을쇠를건문이 열쇠업시는 열녀질리가 업섯다。 그는허둥지둥련못 압흐로가서 셕둥룡지추돌우에 발도듬을하고서셔 담박글내여다보나 달밤에 밟은신 작로가 뷔인듯이 환히뵈일섇 뎌—편 길솟헤 사람의그림자갓튼것이 감을〈할지라 도 그연가미연가하다。

소련은 실심한듯이 방마루로올나오면서 보선을벗고 방으로 드러갓다。

소련은생각만이라도 되돌녀 보겟다는듯이、여름문을쏙쏙잠그고 지나온생각에 잠 겻다。

그일년전봄에、××학교 영문과(英文科)를 조혼성적으로 줄업한소련은그봄부러

역시경성에서 ××학교영어교원이되여서 그아름다운발음으로 생도들을가리켯다、그

와생도들새이도 지극히원만하엿고 쏘선생들름에서는 좀어틘이취급을밧엇슬지라도

근심거리가업섯다、 하나 소련은 그봄붓터 나날이수척해갓다。

혹이 그의수척해감을、——그가어릴쌔부러 엄한그고모의 감독아래서만 자라나서

그럿라기도하고 ——엇던귀족파 혼셜(婚說)이잇던것을 영리한체하고 신분이다르닛

가 할수가업습니다하고 거절은하엿지만미련이 남아서 번민한다고 하기도하엿다。

그러나 그의사실은 이런구역이날햇소리들을 뒤집어업고 버리지못할 이야기를짓

는다。

二

소련은 ××녀학교 영어교사가된 그이듬해사월하순에 학교전례로 수학려행을하

게되엿슬재 고둥과 삼년생들을잇글고다른일본선생들름에석겨서 인천측후소(仁川測

候所)로가게되엿섯다。

그째 일거는 매일가티 금을〈 〉하고 그러면서 도비방울을 잠간 〈 〉쑤려 보기도해서

응성그러하게 써 속삭이지 사모치는 봄치위가 얇은솜저고리입은역개를버순듯이 으스러

르럿섯는데 소련이가 인천축후소를차 준것도 이러한날들의하로이엇다。

선생들파 생도들은 얼범부려서 모돈긔계실에인도되여 자못현국에서내려온듯이

고상한풍채를가지고 쓰그음성이란 한번드르면 영원히잇처지지안을점은리학자의 설

명을드렷다。

점은 리학자를 압헤두고 사신여명의 선생파 생도들은 디하실(地下室)에서 디하

실로 충충대에서 충충대로 올나갓다 내려갓다 하엿다。

점은리학자는 가장열심으로 그 희든쌤에 붉으레한피빗을올니면서……

생도들이란것보다 특별히 소련에게 향해서

「아시겟슴닛가 아시겟슴닛가」하고 셜명했다。 소련도 열심으로 드르면서 각금아

라듯는듯이 고개를 쏫득여 보엇다。

모든 긔개실의 셜비를구경 석히고나셔 점은리학자는 ××명학교 선생들에게 차롤

대접하려고 응접실로 일도하엿다。 거긔서 그들은서로명함을박구엇는데 소련은 그

가 됴션청년인것을알고 귀밋히다라 오는것을 간신히참고잇섯다 그러나 송효순은

쌤이발개진소련에게 조션말로 그부드러움을 전부표면에 낫하내서

『나는당신이 생도인줄아럿서요 아주어려뵈이닛가요』하고 그의귀밋헤속색엿다 이

째에 소련은 처음으로이성(異性)의게대해서 그향긔로움을아럿다。지금쌔지 사내내

음새는 그리정하지안엇든것으로만아럿든것이――그예상을흐리고 이상한그몸갓가히

만 긔다려지는 무엇을세닷게되엿슬째 쏘다시

『언제부러 그학교에게섯슴닛가 영어만가리키세요 파학에대해서는 아모취미도안

가지섯서요』하고 그다라오는귀밋헤송씨의 조용한말을 드럿다。

그는윈몸이 무슨벽의 튼튼함을 의지하고십기도하고 자긔호을로인고요하고 정결

한방속에 숨고십기도한 힘업슴과 비밀스러운 긔분에취햇섯다。

그는 그러면서 송효순이가 그몸갓가히 오지안키를바랫다。그럴째 효순도 갓흔긔분

에눌니우는듯이 접접말을 업시하고 그엽헤서 다른일본선생들과 어음(語音)분명한

동경말로 이야기를햇다。 선생들은 송효순의게 대단한호의를보이는듯한 시선을보내면서 소련을유심히바라보앗다● 그리고그눈들이 모두소련을부러워해서 그리학자의몸갓가히 안준것을 우로러 보는듯하엿다。측후소로 쩌나올째 효순과 소련은 득별히

조용하게

『서울어듸게서요』

『뎌슝이동……이예요』

『거거가본택이십닛가』

『안이그럿치안어요』

『그럼、려관임닛가』

『안이요 제가자라난고모의집이예요』

『그럼량친이안게십닛가?』

『네……』하고 그 는 발뒤씀치를돌니려다가 또한참만에 그럼 안령히게십쇼」햇다

이째효손은 무엇을생각하는지머니히섯다가

『고모되시는어런은 누구세요』

『며──××학당의 류애덕이예요』

『그러면 홀늉하신어른를친척으로 되시는구면 혹시차자가뵈이면 모르는체나안하시겟슴닛가?』하고이야기를햇섯다。

소련은 이처럼 효순파 이야기를박구고 생도들틈에 석긔여서 산등색이를내려왓섯다。

그후로그는、도뎌히 잇지못할번민을가지게되엿다。 그는 길거리에서라도、(그이가자긔를차자와본다고하엿슴으로)혹이 넓은가슴을가진 준수한남자의쾌활한거름거리를볼것갓트면 그이나안닌가하게되엿다、그럴동안에그는점점수척해가고 모든일에고달폼을쌔닷게되엿다。 그논단한번이라도、다시효순을맛나고십헛다、그의그리워하는효순에게대한동경(憧憬)은 드대여감성(感性)으로붓터 령성에씨지밋게되여그는새로히과학에대해서도 취미를가지게되엿고……영원한길나드뤼에서라도맛나지라는소원쌔지품게되엿다。 그는밤파낫으로 그이를다시 맛나지라고긔도햇다。 잠간

동안이엇슬지라도 그 아름다운순결(純潔)을표시한듯한 감성(感性)이 정결한마음속
에잇지못할츄억의보금자리를치게하엿든것이다。 하나그의마음은 망설거리지안을수
업섯다。 아모리굿센 의지가잇다할지라도 단한번의맛남으로어든감명(感銘)이걸픗하
면 새로히연구하려든 파학갓튼것을이저버리고는단 자긔의눈으로 만나고만십헛다。
그는드대여 밤파낫으로 기도하는보람도업시 맛나지지못함으로、시름시름병을이
루게까지되엇다 그처녀의마음에서는송효순이외에 모―든남자들이 초개가티 뵈엿다
그러나 그러함을도라보지안코류애덕을향해서 소련에게청혼을하는사람들은 결코헤
일만치두물지안엇다。
류애덕은 부모업는족하를 남부럽지안케 십여년기른피로인함인지、쓰는그의장
래를위함인지분명히말을하지안으나 다만하로밥비 그를결혼식히고십허했다。 엿던쌔
는 소련의삼십원밧는 시간교사의월급이 너무적어서 수치라기도했다。
소련은 이쌔를당해서 그마음을 더욱안정할수가업섯다。 그는얼마나 삶에대해서맹
탕한쓸々스런일인것을새다랏섯는지 쓰고고모의교훈이 얼마나 파리고잇섯든지 헤아

려 보려면 헤아려볼사록 분명히 그릇됨을 차자낼수도업건마는、쓰거운〜눈물이제

절로 그햇슥한쌈을구울넛다。다만그는밤과낫으로 그러지안어도처녀째에 더더군

나 외로운처디의근심스러움과 쓸쓸스러움을 너무도지독하게맛보앗다。그는어느날

은침식을잇고 이분명히이름도지을수업는압흠을열병알듯아럿다。그는흡사히 병인가

티되여서 ×명학교에 가기를쓰렷다。하나그는하는수업시 거긔가지안으면 고모의생

계를 도을수업섯다。

그는매일가티 사람그리운 불라눈듯한두눈을너른길거리에사라처뵈이면서 ×명학

교에를 왕래하엿섯스나 내쫑에는 아죠근력을이려서 눈울쌍우에쩌러트리고 길지나

눈사람들을 치어다보지도안엇다。이런째 처녀의처음으로 사람그리는마음이 그대로

들쩌지기도 쉬웠지마는 소련은 힘써서 자긔의마음을누르고 무엇을 그리는 그비밀

울 속으로 속으로감초아셔 드대여 모든삶에대해셔생각하게되고 쏘녀자의 살님사리

들중에도 조선녀자의사라온일과 사라갈일에대해서 생각하게되엿섯다。쏘모—든사

람의살님사리들을 비교도해보면서 과학에대하야 알고십허지는마음은 맛치고향울쩌

난 어린이의 그것과가티 이름만 드르될지라도 가상이 두군거려젓다.

엇던째는 물리학이라든지 쓰는현문학이라든지 하는학문의이름이 송효순의대명사

나되는듯햇다, 하지만소련이스스로 그동모들간에는 그런마음을 차저볼수업는것을볼

째 얼마나 섭섭함과 외써 로움을아럿스랴 그는벌서이십이넘은처녀인데 이처음으로

남유달니하는근심은 그의게붓그러운듯한 행동거지를하도록 식혓다.

그는 엇던째는 ×명학교리파선생에게 열심으로무러도보고, 엇던째는 녀인들의지

나온이야기에도 귀룰기우려보고 그들이얼마나, 그릇된 살님사리를하여왓는지도 정

신차리게되엇섯다。 하나, 소련의건강은나날이 글너갈쑨이여서 그쓸스스러운류애덕

녀사도 놀나지안을수업게되엇섯다。 이러할틈에, 소련은, 그향할곳업는마음에 병써

지들째되엿슴으로 리학파녀인들의모듸에도힘쓰지못하고, ×명학교에서영어룰가리

키고 집으로도라오면 문학서류룰 손에들께되엿섯다。거긔에는모든세상이 힘들지안

케뵈여잇는탓이엿다。전일에는 피아노도 열심으로 복습햇지만 깁흔비밀을가진마음

은 자연히 어스렁 저녁째와가티 붉우레한저녁날빗가튼희망조차 일어버리기쉬워서

캄캄히 명상(瞑想)에싸지어 마음의소리를내기도 쓰리워젓섯다。 그는얼마나 뒤둥산언덕우에서서 저녁하늘을바라보고 처창함을늣기엇슬가, 만일누구든지 그이의마음을알면, 비록 그련애(戀愛)란것이안일지라도 사람들의 일반으로가지는번민을 그럿케도깁히도, 삼가럽게함을 얼사안고 불상히역여주엇슬것이다。하나 그에게는아모의동정도 향해지지안엇다。 그는 문학서류를들고 고모의눈치를밧게도되고(류애떡의교육은생게를엇기위하야 학교졸업을 밧는것이주장이엇스닛가) 어두운마음의비밀을품고는 학교에서 갓흔선생들의 의심스러운눈씨를밧고、생도들의 속살거림을밧엇다。 그는 그눈들에대해서、 은근히 검은눈을 둥그럿케쓰면서、

『아녀요, 그럿찬어요 하지만 당신들이모르는내마음에 힘잇게바든거억이 나를이갓치 피롭게해요하고 눈으로변명했다。 하나그마음이 아모에게도통치는못하고、갓흔 선생들은 단순히、

『처녀의 번민— 상당히허영심도잇슬것이지』

『글세 답답해 류애떡씨가완료스러우닛가 그째왜거회를놋첫든고 벌서 그커족운

『불상해라 그런자리를 놋치다니, 너무영리한체하는것도손이야」하고 자긔네들세

리쏭얼거리기도하고,

『왜 그럿케 수척해가시오 류소련씨 그런귀여운자태를가지고 번민갓혼것을 가질필

요야 잇슴닛가 아모런행복이라도 손쉽게쓰러 올것을……」

『몸조섭을 잘하세요 이왕지난일이야 쓸데잇슴닛가, 쏘다음긔회나 보시지요」하고

직접 아모관게업는 긔막힌동정을해주엇다。 소련은 이런째마다 수치와 모욕을한업

시쌔닷고, 자긔가맛치이세상에 쓸데업는사람인것갓기도하고 쏘송효순에게대한비밀

을 영영히 숨겨버려야만올흘듯한 미신이생겨지기도햇다。

모든것이다—어둡게 그의마음을 어두운곳에만 쩌러드리려고햇다。

하나 그는역시 송효순이가 그리웟다, 잇처지지안엇다。그래서그는 혼인말이잇슬

째마다 거절햇다。 그고모류애덕녀사는 그연고를뭇지만, 며편에학석이업다는불만족

들보담 자긔가신분이낫다는겸손보담 쏘재산이업노라는, 감당못할정경에잇다는것

보담、

『차자가도 몰느는채 안하시겟슴닛가』하든 미덥성과、활발함을갓초아뵈이
고 쏘고상한음성으로 모든 대담스러움을감초아버리든 그인천측후소의 송효순이가
그리웟다。그는그참을성과 진정한그리움에서나온 붓그림이아니면 인천측후소를차
자갓슬지도모르겟지만、다만、재치잇는 손짓흘기다리는듯한、덥허노흔피아노의 하
얀키ー가 아모소리도못내고잠잠할뿐이엿다。

三

류애덕은 소련의아버지보담 다섯해위되는 웃동생이엿스며 그의고향은 반도북편에
잇는 박천고을이엿다。류애덕의부친은 한국시대의 유자(儒者)로 류진사란이름을엇
은 엄한로인이엿스나 불행히늣게본아들샘에、속을몹시태우다가、그아들이 이십도
되기전에 고만이세상을써나버럿다、이보담전에、류애덕은 열다섯살되자、그이웃
리주사집으로출가를햇스나、유자(儒者)와(官吏)편새이에는 일상설왕설래(日常說往
說來)가곱지못햇슬뿐아니라、류애덕의남편은 불량성(不良性)을가진 병신이엿슴으로

가진 못된행위를다하다가 집과처를버리고 영ㅣ나가버렷다。그럼으로 아직어리여서

생파부가된、 류애덕은、 흔히 친정사리를 햇스나 그도、 소련의맥모와、 새이가불합해

서 가장고흘 을녀(乙女)의째를 눈물파한숨으로보내다가、 조선안을 처음으로빗치는

문뎌의새벽빗을 먼저밧게되여서 후스세상을바라려고교회당에도 댕기게되고 쓰공부

서지하게되여서 쓸쓸한삶에 향할곳업는마음을 배홈으로재미붓치여 나날이그학식을

늘이엇스나 그역반노부인태반이 그러하도록、 미신적(迷信的)미듬의에는 달니팽

명을 못바든이엇다。 그러나 그환경에서 남성(男性)에대한、 사모할맘을영구히 일

허버린그는 다시출가할마음을내이지안코 교육에뜻을두게되엿다。 그는운명이그러한

탓인지 여긔에이르도록 비교적순한경로를밟아오게되엿다。 파부가되자 그모친의

보호아래 학비엇어공부하게되고 쓰박그로드러오는유혹은 아주업섯슴으로 그는해변

가에 물결을히롱하고 든든히울즈기지안는 바위돌은아니엇다。 그럼으로 그는편벽햇

스며 자긔만결백한체하는 패단을버리지못햇다。 그러나교회안에서 그엄하고단출한

행동은모든교인파 젊은학생들의존경을 밧게되엿다。 그래서 그는 그안에서공부하고

또직업을일치안케되여, 가장안전한디위에서 생활하게되엿섯다。 그후에늘, 그의께근심을세치든그의량천은 한달전후하야 이세상을하직하고 소련의부친 류경환은 본처쌀을보고재미를붓치 게되엿스나 엇더한저주를밧음인지 소련의모친은 평생한숨으로 우슴을짓는일이드믈고、 걸핏하면 치마자락으로겁프나오는눈물을씻다가。 그도한이 뭉키여 더참을수가업든지 소련이가열한살되든해에 이세상을하직해버렷다、 이쌔에 이르러 거진거진 가산을 탕진한 류경환은、 소련을、 그누의에게맛겨버리고 다시 옛 날부인을차자갓스나 거긔서일년이못된가을에 체중으로세상을써낫다。

그쌔부터소련은 그고모의보호아래、 잔쌕가굴거진드시몸파 마음이나날이 자라는 갓스나、 그의마음속맨밋헤빗백인어름장을 녹혀버릴긔회눈쉽게다시오지안엇다。류애 덕이 소련을、 기름은 소련의얼골에 쓸쓸한그림자를남기도록 흠점이잇섯다。비록、의 복파학비룰군색하게하지안을지라도 병낫슬째、 약을늦추써줌이안일지라도 어된지모 르게 데면데면하고、 쓸쓸스러웠다。 그데면〜하고쓸쓸스러움은 소련이가 꽁부를

맛치게되엿슬째 좀 감해가는듯햇스나、엇더한 노여운말솟헤든지 혹은 혼인말솟헤든

지반드시

『너의어머니를 달머서、그럿치、그러기에혈통이잇다는것이야』하고 불쾌한말을

들니엿다。

어러한말을듯고도소련은、그고모의역설인줄만밋고 자긔의혈통을 생각지안엇스나

온정을못밧은 그는 반드시쾌활한인물이되지못하고、그성격에 어두운그늘을만히백

히우게되여서 공연한눈물세지혼하엿다。

그러한소련이가 인천서 송효순을 맛낫슬쌘무엇인지 왼몸이 녹을쯧한짜쯧함을아

럿다。하나 그것은쑴에다시쑴을본것가티 언젠가는 힘을다해서 이저버려 버리지안

으면안될환영(幻影)일것갓햇다。

소련은 송효순을몹시 생각한어느날밤에 이상한쑴을보앗다。

——조선안에서는 흔히보지못하든 경도하압천신사(下鴨川神社)안갓흔곳이엇다。넓

은나무숩속을이룬 신사들을 예둘너물살쌔른내——가흐로고 신사박그로나가는 다리

엽헤는큰느틔나무가서잇서서、그감으럿케뵈어는 데일놉흔가지우에는 여섯넘으로

황금테두리를한남빗쏫이 달처럼공중에쩌잇섯다。그아래는여전히냇물이 쌔르게좔

좔소리를내이면서흘너내려갓다。자세히본즉그내소물에는 지금싸지뵈이지안든 쌔

목이쩌내려가는데 그우에젊은녀자가 빗누은채흘너내려가면서 남쪽만 바라본다。

왼몸이웃속해서 정신을차리려하여도 무엇이키에 쌕ㅅ소리를치며――저긔쩌내려

가는것이너이다!너이다! 하고 그귀를갈늘뜻이 왼몸이재릿재릿하도록 소리를질

는다。

소련은 눈을쓰려고 몸을흔드러보고 소리를내여보려하여도 내가쌔엿거니 쌔엿거

니하면서도눈이쩌지지안코 무서운쌔목이쌔른물을쌔라 흘너가는것이눈에선햇다――

――그럴동안에 그는잠이쌔여서 가삼우에 손을녀놋코 둥걸잠을자든 그몸을 수습

햇다。

그는눈이쌔여서 한번려행갓든 경도를쑴쑤엇다고 생각햇스나、그쑴이무엇인지 효

순을생각할째마다 무슨흉한증조가리 생각되엿다。

四

그러나□째가이르면 굿은바위도 가삼을여러、 김혼속밋헤서소사오르는 샘물은 쌍에씀는다」듯이낫에는 맛나지라고 긔도하고 밤에는 못맛나서가위눌느든소련은 드대여 효순을 맛나게되엿다。

바로 지금부터 이년전여름이엇다。하로는 애떡녀사가 소련의 건강을염려하야 그더러 ×명학교는 퇴직하라고 권고할새 가벼운로동시간(勞働時間)과 공부시간(그夫時間)을써 놋코 꼼꼼히하랄일느면서 몸조심해야한다고하던 애떡녀사는 급히무엇을 이젓다 생각낸듯이 조희조각을 소련에게 던저주며 손님이울터이라고 아이스크림맨들복숭아를 사오라고일넛다。

소련은 매일가티 손님이올째마다 혹시효순씨가오지안나하고 긔다렷스나 매일가티 오지안엇슴으로 오늘은 싸엇썬손님이오시려노—하고 풀긔업시이러나서 창경원압싸지거러나와 던차우에 올낫다。그씻는듯한 여름날오후에 소련은고모의명령이라、어긔지도못하고 진고개써지가서 향그러운 물복숭아를 사왓섯다。그째도애떡녀사는

『우리녀자청년회를 만히 도와주시는 송달성씨가 오실터인데 새옷을가려 입고 민첩

히접대하라』하고일넛다、 이말을드를째 소련은 송이라는데、 쌈작놀낫스나 이름이다

르고 쓰그이름을아는터이엿슴으로 얼마큼안섭하엿섯다。

그날저녁에 사십이넘운신사와 이십오륙세의 젊운신사는 게으르지안코 급하지안

은 홍크러운거름거리로 공업전문학교근처의 사디(砂地)를거러서 송이동을향하야갓

다。

하늘운처녀의마음을 펼처서 비단보재기에 흰솜뎅이를싸듯이 포도빗보는연분홍을

다시열게푸러서 여름구름을 휘모라싼듯하고 쏘—얀디평선한 숫혜서는 녀인들이 우

물물을 기러오고 기러갓다。맛치하날과싸이 더운째하루의피로를이즈려고 저녁바람

을식혀서 조을니운 곡조를주고 밧는듯하엿다。

소련은 요새이보기시작했든 어는가본책에서 본대로 파—란포도덩클로 식탁을장

식해놋코 부억으로가서 그고모에게

『아즈머니 식탁채려 노은것보세요』햇섯다。

일상 희로애수(喜怒哀愁)의 표정이분면치안은애덕녀사도 소련의재치잇슴을보면 희

색이만면해서

『그런작란이야 네장ㅅ기지』하엿다。 소련은 그고모의슴판을 잘알므로 이 안만해

도 경사나당한듯해서 련해 그고모에게 말을거러 본다。

『엇떤손님이 이러케우리의 공대를밧으심닛가』하기도하고

『왜하필 저녁째 청하섯서요』하기도하고

『쏙 한분만오실가요』하기도햇섯다。

숙질은 이저녁째 두문버릇으로 재미스럽게 이야기하면서 아이스크림을 둘을째 쓸

에서 낫서르른발소리가 들녀자『이리오너라』하고불넛다。 이소리를듯고 소련의숙질

은 하든이야기를 긋칠째 그들의엽헤서 그릇을닥던 영복이란녀인이 닁큼이러서며

『에이구 벌서손님이 오신게로군』하고 쓸압흐로 내려갓다。 애덕녀사도 허둥지둥

손을싯츠며、이러나서 방안으로 드러가려다가 쓸로마주나가서、사교에익은음성으

로 인사를맛츠고 쏘다른처음보는사람에게 인사를하는듯하엿다。

이째 소련은 무엇인지 가삼이두근거러서 이러서서 내다보지안고는 덕참을수업섯다。그는사시나무가티썰니는 몸을이르켜서 부억문박글 내다보앗섯다———。 그째야말로 소련의눈에 무엇이뵈엿슬가, 그는 왼몸이 곳아지는듯이 자유로 음즈길수업서서 그머리를 돌니려다가 그러지도못하고 유득허니서서 내여다보앗다。

그러나 조끔후에 손님을좌정하고 부억으로 도라온 류애덕은 예사롭재 안저서 아이스크림을 두르는 소련을보고『손님이세분이다』하고일넛다。

소련은 한참말업다가 썰니는음성으로

『그이들이 누구입닛가』하고 무렷다。 총총히 그릇에 음식을담던 애덕녀사는 그손쏫흘잠간멈추고 예사롭게

『참, 그이야기를 네게는 아니햇섯구나 저—이제부터, 우리집에 학생이한분온단다。윤은순이라하고 스물댓살된부인인데 그남편은 송달성씨의생질되는 송효순씨라고하고 동경서대학을맛츠고도라와서 인천게시다고 하시더라』햇다。

소련은 운연중에

『그럼 인천측후소에게신 송효순씨인게지요』하고 부르지젓다。이쌔그고모는 좀늘

나운듯이、

『그이가 인천측후소에잇는것을 네가 엇더케알엇니 나는지금 막、인사를한터이

다』하고 무럿다。이쌔소련은 잠간실수햇다고 생각햇스나,

『저、인천、측후소에 려행갓슬쌔요』하고 시스럽지안케말하고 그낫빗을감추기위

해서 저—편으로도라서서 단향내를 울니고 쓰러나는 차관뚜껑을여러 보앗다。

이가티 되여서 음석준비가 다되고 식탁을채려 노앗슬쌔 소련파 효순은 삼촌파 삽

촌색이에 쏘절벽갓른 감시자압헤서 외나무다리를 마조건느려는듯이 맛낫스닛가 만

흔이야기를 서로서로 박구지는못하엿스나 십이촉던등불빗아래 그들의붉은얼골에

납빗이돌도록반가워하는모양은 그주위에 시선을 무두윗섯다。

하나、그들은 맛나는처음부터 두사람은 다만아는사람으로박게 더친할수도업고

다시그가운데 사탕이라거나 련애라거나한것을 이르켜서는 울치안은것으로 그들의

운명인 사회제도(制度)에 「자유(自由)」를 무시한 조건(條件)에 인을 첫섯다。

하나 소련은 그들의 그럿토록 반가운맛남을 맛낫스니 조용한곳에 단두리 맛나서 한

깃거움을웃고한서름을 늣겨보고 십지안엇슬가 아무리 구도덕의치마자락의 싸혀자

라서 굿은형식을못버서나야만한다는 소련의리성(理性)일지라도 이당연한자연의요

구를엇지금하고만섯헛스랴。 그러나 그들의경우는 그들의 그러한 감정을감추고 효

세이니 전일의생각이 확실이금단(禁斷)의 과실(果實)을 집으려던듯하여서 그등뒤

순은 그부인을류애덕녀사의 보호아래 수양식히려고 차자오고 소련은 그조수가될신

에서 어름물과 설눈물을 뒤석거 세언지우는듯이불쾌햇다。

五

그잇흔날부터 송효순의안해인 윤은순은 류애덕의집애와서 잇재되엿섯다。

그는볼래부러 구가정에자라난 구식녀자로 어럿슬때 그이른바 귀밋머리를맛푼 송

효순의처이다。 하나 지금에이르러 그들은각각선경우에서 다른것을숭상하며 자랏스

니 그들새이에는 갓튼아무런지식도업고 쏙갓튼아무런 생각과감정의 동화도업슴으

로 서로도와서 영원히가든 거리를밟버 쑥가티 나아갈동무는못될것이나。사회의조직이 아즉도 자유를요구하는사람은 너머트려버리게만 되여잇는고로 그의발거름을리상(理想)의목표(目標)인 자유의길우흐로만 바로향하지못하고 그마음의반분은쌍우헤서우후로훨신놉히고 쏘반분으로는 다만한가련한녀자를 동정하는셈으로 리상에불려오르는 감정을 누르는듯이운순을 녀자청년회가경영하는 리문안부인학교에너엇다。며는、 운순을 학교에넛코 늣게쑤린씨가 먼저쑤린건쌔 우헤 나무보다 속히자라라는귀도로 복습할것쌔지염려해서(자긔도 모르게는 소련을 맛나보고십흔마음은 스스로분간치못하고)류애덕녀사의문을두다리게되엿섯다。

그러나 언문박게모르는 윤운순은 소련이가 가르키기에도 너무힘이업섯슴으로 엇지하면 그의복습갓든것은 둥한(等閑)이역여주게되고 의식주에만 상담하는일이만핫섯다。

그동안에 효순은 한달에한번 두공일에한번 차자와서 애덕녀사에게 치하를하고 갓다。

그럴째마다、 효순파 소면새이는 점점더멀어저가고、 효순파애덕녀사새이는

친해지며 은순과 소련새이는 갓가워젓다。

소련과 효순은 맛찬내 아는사람으로의 친함조차업서저서 사람뵈이지안은곳에서맛

나면 머뭇거리다가 인사를 하지못하도록 서로몰나보는듯하엿다。이가티 되여서 은

순파 소련새이가 한감독아래 꽁부하고살님할동안에 서늘한 가을날들이 황금갓튼

은행나무숲해 입써러저가고 긴겨울의와서 사람들은 방안에서 귤겁쩍이를 벡겨싸흘

동안에 늙은이가 묵어운짐을지고 긴고개를넘듯이간신히 눈녹앗다。

그동안에 그들은 만흔마음속 엣이야기를 서로박구웟다。사람들이 얼는 그들의친

함을 보고

형뎨들새이갓다고 칭찬했다 그러나 은순을 친형가티 대접하는 소련의낫빗에는 무

엇을참는듯한 고난의 빗을 갑출수업섯다。

소련의 이야기는 혼히 자긔가몸이약해서 그고모의노력을 도웁지못하고 쏘장차는

영구히 그고모의집을 아주써나야할이야기를하고 은순은 자긔의사촌이 자긔와한집

에서 자라나면서 그부모와 삼촌들의 말니는것도듯지안코 학대를밧아가면서 꽁부를

해서 지금은재미나게 돈모으고산다는 부러운이야기를했다。하며、 그들의친합은 오

래지못하고 날이써 슷함을싸라 틈이생기게 되엿다。

봄날에야 즈랭이가 평평한들의 먼곳과 갓가운곳에 싹도내지안은 디평선우에 아

롱지개할째 맛츰 소련은 그 남편 파약혼하게 되엿섯다。

이런째를당하야 소련은얼마나 난처하엿스랴 그마음속에는 아즉송송효순의 인상이

나날이깁허가면 깁허갓지 조곰도 덜녀지지는안는데 다른사람과 결혼하지안으면 안

될경우! 그것을 누구에게호소해야할지? 그는심한우울중에걸넛다。

그는다시 그고모에게 직업을 엇어서 독립생활을하면서 그고모의폐를 세치지안켓

노라고써지 애원하여보앗스나 그고모는 어듸서엇은지석인지 데일에도『피쑬이 잇서

서안되여』하고 데이에도、

『아무나 다ㅡ 마음먹은대로 되는것은아녀』하고 을넛다。

소련은 쏘다시그몸이 쇠침하여저갓다。지리한겨울의치위가 풀니여 사람들의 마음

속에는 놀고십픈마음이 모록모록 자라것만 소련의마음속에는 나날이부러가는이 그

가슴속에빗뾱인 어름장이엿다。

그는 이슬ㅅ한 심정푸리를 향할곳이업서서 눈쌀을 씹프리고 장래의복 준비를 마지못해서 해보기는하나 싹히 원인을말치못할 그서름이 셔책을 들고는 한업는눈물을지우며 이아래갓른문구(文句)를읍랩헛다。

누구나부르지안나

밤가운데 밤가운데

등불을 못단적은뼈는

노를일홈도하니련만

저어나갈마음을못엇어

누구나 부르지안나

누구나 부르지안나。

어름미테 어름미테

빗을 못밧는 목숨에는

흐를줄을 일흠도아니련만

녹혀내일 열도를 못엇어

누구나 부르지안나

누구나 부르지안냐。

오오 오오

빗(光)과 열도(熱度)더위와 빗

한곳으로 나오련만

올흔쩨를못엇어

누구나 부르지안나

누구나 부르지안냐。

만일에

만일에 봄이나를녹이면
돌틈에서 파초여름을맷지요 맷지요
만일에 만일에。

만일에 조혼째를럿으면
바위를여러 내마음을쏫지요 쏫지요
만일에 만일에。

六

그해봄이 저윽히 무르녹아서 소련의 파리하든몸은 보는사람들의 마음을 놀내리
만치 쏫송이처럼피여올낫다。

송효순은 류애덕씨집에 자조그 안해를 차즈러、 오게되엿섯다。 그러고、 떠는 소련

을 평양최병서에게 로 결혼석혀 보내겟다는、 류애덕녀사의 말을듯고는 반대하는듯이

『그런인물들을 가명안에 벌서부터 너어버리면 이사회운동은 누가해노을는지요

조선의가족제도가 좀웬만할것갓드면 결혼운하고도 일을못할배아니지만……아마

우물에쌔저서는 우물물을츠지도못하고 제방(堤防)을 다시쌋치도 못할걸이요 좀더

사회에 내노아보시지요』하고 입을담으럿다한다。 소련은이런말을듯고 참으로감사하

엿다。 그래서 그는마음속으로

『그러면 효순씨는 내가이사회에서 의의(義意)잇게 생활해나가기를 바라시는구

나』하고 생각해보앗다。 쏘그뜻을 저바리지도 못할듯이 그의마음이

『가정박그로 나가자』하고 부르지지기도햇다 그후에 멋칠이지나서 송효순은 박사

퓔론문을 쓰러일본으로 가겟다고 하면서 류애덕씨집에머무르게되여서 소련과、 말

해볼긔회를 엇게되엿다。

어느꽁일날아츰에 류애덕녀사와、 효순은일즉이, 외출하엿섯는데、 효순이가、 먼

저도라와서

『아주 봄이 완연히 왓슴니다 그 보시는 책이무엇임닛가』하고 마루끗헤서、 책을보

돈 소련에게인사햇다。소련은 지금쩌지 효순의아는체마는체하는 랭정함에못새여다만

『그싸라댕기면서 할뜻하든친절을 왜숫치엇누、 그이가 내게좀더친절이라도 하엿

스면 이마음이풀니련만』햇섯다。하나 이날써라、효순은급히 그에게친절해젓슴으로

막상 닷처 노으면 그럿치도못하다는심리로、 김분듯하기는하면서도『이마음에잠긴문

이열녀지면 엇지하누、그째야말로 무서운죄악을지을레지』하고 어름어름

『네아주썩 봄이되엇서요』하고 자긔방을치우느라고 그남편이 온줄도모르는 운순

이를 불느고나서 소련은 급히더한층 그얼굴을 붉히면서、효순을향해서얼는、

『하읍드만의 외로운사람들』하고 말을 맛추지못하고 운순이가 마루로 나오는것을

보고는 구원을밧은듯이

『온순씨 벌서 오섯는데요』하고일럿다。운순은소련의얼굴과 효순의얼굴을 번갈나

보아가면서 그남편의

「무얼햇소」하는 무릎에

「방치우느라고」하고 입을홈으렷다。

이름에 소련은 얼는이러서서 저一편마루구석에 노힌찬장압흐로가면서 다긔(茶器)를

쓰냇다。

효순은 소련의랑패한듯이 어름어름하는테도를민망히 눈역여보면서

「애덕선생님은 아즉안도라오섯슴닛가?」하고 우섯다。소련은 다긔(茶器)를 쓰내

물고

「네、아즉안오섯서요 선생님파갓치 나가섯는데」하고 부억을향해가며、주인된직

분을직히려는듯하다。

한참만에 소련은 차를 영복이라는 밥짓는이에게 들녀가지고나왓다。그동안에 효

순은 소련이가보다노훈 책을열심으로 보고잇섯다。그려다가、소련이가、그압혜차

를갓다노을떼는、

「이책 어듸써지 읽으섯서요 처음으로 읽으세요 우리도 이책을 퍽읽엇지요」하고

말을거럿다。 소련은 효순의압혜 맛안준운순에게도 차를권하면서 다만눌나운듯이

『녜、녜、』할뿐이엿다。 효순은 소련의태도를 눈역여보기는하나、 그리생소치는안

은듯이

『이하웁드만의 외로운사람들가운데는 우리갓른사람이잇지요 아즉맨솟서지 안보

섯슬지모르지만 이와가치 외국의유명한작품이 조선청년의가슴을 속쓰라리게 하는

것은 두믑되다』하고 말하면서 그운락한눈을 먼히섯다。

소련은 운순의편으로 갓가히안즈며 쏘다시

『지금겨우다보앗슴니다』하고 간단히대답햇다。 효순은 하늘을치어다보든눈을 아

래로내려서 소련을이윽히 바라보며 그부드러운음성으로

『아즉 생각까지 해보섯는지 모르지만、 책속에는 저와가티 부모가개시고 처자세

지잇서도 세상에데일 외로운사람이잇슴니다 저는외국서꿍부할때는 그러케세지는

그책을늣김만케 보지못햇지만 이쌍안에도라와서는 그러케우리의 흉금을곱게쓰다듬

어주는것은 업다고 생각함니다』

소련은 이째비로소 이약이를조와하든 그의본능의 충동에잇글녀, 정신업시

『그럼 그 요한녜쓰와 마알은 서로 참사랑을합니다 그려………네………?』하고 영채

잇는 눈을방울을가듸셧다。 효순은이째 미미히 우스며

『소련씨 사랑하게 되는것이 아님니다 우리는파거와미래를 통해서 한리상을세우고

거긔합당한것을 사랑하는것이고 하든것임니다。 그러나 그러헌리상적사랑은 사람

들에게는흔하지안을뿐아니라, 그러케 사상의공명이잇고 정신상위안이잇스면 용해

서는 허여지지못할 인정이생길것임니다。 그각본속에 인정교환은 조선의상태에 비

하면헐신화려하지만 무엇인저 그요한녜쓰가 구도력의지배아래 그몸을쓸니게되는사

정은 조선에흔히잇는 사실임니다。 말하자면 우리는이제 움돗는싹이고 그들은 자라

나는나무라고하겟지요」

소련은 한참 머리를숙이고 생각하다가,

『그럼 사람은애써서 사랑을구하거나 일허버린다고 말할수업지안음닛가? 쏘우리

가더자라나서 꼿필째까지 기다리드래도 결국 요한녜쓰와마알의 새이갓흔 슯흠도

선처지 진못함닛가。 그째에는 쓰새로운비극이생길터인데요

『네、 소련씨、 사랑을 구한다거나 일는것은거짓말임니다。 사람은자긔

자신속에 사랑을가지고、 엇던대상으로하여금 그것을눈세우게되여서 결국분명한생

활의식을가지는데 불과한일이닛가요、 쓰말삼하신 외로운사람들속의 비극갓혼것은

물론 어느곳에든지 사람자신이 그운명을 먼저짓고이세상을 지배해나가게될째세지

쓰、 세상에 모든사람들과 결탁해서사는것을 폐지하기세지는 먼치못할일임니다』

『그래서 그 요한네쓰!』하고 소련은무엇을머뭇거리다가『그 요한네쓰도 구도덕의

함정에쌔저 멸망함닛가 저는철학을 모르닛가 그이가아는 싸윈이라든지 헥켈의 학

설은 분명히는 모름니다만은、 그마알이라는 녁학생은 아주그이의학설에 그이의모

든것을 다아는인정에 절대로 공명이됨니다그려 아주허여지기는 어려운새이가되는

거지요』

『네ー하고 효순은 좀이상한듯이 머리를돌니다가 대답한다『그……요한녜쓰는 리

삼적듯무를맛낫슴니다 그러나 반드시 가더살수도업고 그것은고사고 그동무를 하루

이를 더위로할수도업지요 그래서 그동무는 가는곳도 아니가리키고 가버리지만 한

가지이상한말을남기고감니다。 즉 두사람이헤여저잇지만 한법측아래서 한뜻으로사

라나가자는것이지요 그들은 가든학설을밋으닛가 그학리에적합한행동을해서 여러가

지 쪽갓흔사실을 행해나가면서 살자는것이지요。 그럿치만 그 요한네쓰는 그극렬한

육신의감정을 오히려장래 오랜 미듬을 밋겟다고는 생각지안코 호수에쌔저죽지요 참

외로운사람임니다」

하고、효순은 쓰다시 하늘을치어다보앗다。운순도덩다라 치어다보앗다。그러나 소

련은 무릅우에 손길을 내려다보다가

『그럼』하고 럼이란자에 힘을너 으며『그……요한네쓰는 밋음을 가지지못할사람임

닛가」

『아니』하고 효순은 소련을향하여 다시힘잇는 시선을던지며『그럿치도 안을레지만

사정이마알보담, 더난처하엿슴니다 누구던지 쎄려가 아니라도、회색가튼리른을 밋

지는못하고 생세잇는 생활을 요구하겟지요」 하엿다。

이째 소련은 대리석상에서 생명을부러 나오는듯이, 자귀도 무의식하게

「그럼 그 요한네쓰는 그목슘으로 어려운문데를 해결해버렷슴니다그려 그러나 마

알은?」햇다。 효순은 이말을 가장흥미잇게 대답하려는듯이,

「오一」하고 입을열다가

「이차 다 석음니다」하는 운순의말소리에 그안해의 존재를 아주이젓다가 비로소

정신차려서 그를결풋처어다보고『참!』하며 이야기하노라고 말니엿든목을 축이

엿다。

「그마알은 생활을엇지못할경우를당해서」하고 책장을뒤다가 한곳을 차자놋코,「아

님닛가 공부해서 공부해서 그야말로엽눈도 쓰지안켓다고햇구먼요 그러닛가 종래

학리를 구하려길써나는지 쌔 피로움을이즈려고 책으로얼골을 가리우려는지 작자의

본뜻은 분명이 모를일이지만 종래길써 나지오」하고 말쑷을 이엿다。

이째 소련은 란처한듯이

「그럼 그이들은 서로 다른것갓지안음닛가? 요한네쓰는 더압서지안엇슴니가? 쌔

마알은 요한네쓰를 절대로 밋지는못하는것아님니가? 그렷치안으면 마알이 더만히

요한네쓰보담 발전성(發展性)을 가젓던지요?』하고 여린생도가 선생에게 뭇듯이무

럿다.

『아니요 그들의 환경이달낫슴니다 그두사람은누구나 쏙가티 가티생활해나가기

를바랄것이지만 마알은 아마 심령(心靈)의세게를 완전히밋을뿐하니라 쏘요한네쓰

에게는 구도력이지은 대상이달리 잇섯스닛가 마알은 자긔가아니라도 요한네쓰는

그옛날에 도라가 생활할줄 밋엇겟지요 그러나 그고향의써 뜻함을 안이상에야 어느

복숨이쏘다시 무미한쓸쓸한 생활을 게속하려고 하겟슴닛가. 작자는 거긔써지쓰고

는막음을 햇지만……』하고 말슷을 긋치고 그압헤 노힌과자를집엇다. 그러고나서

『소련씨 사람은 절대로 누구와든지 썩 육신으로 결합해야만살셋다고는 말못할것

임니다 그것은 정을류통식혀 보지못하고 이세상을대항하야 발전이라는것을 모르는

사람에게는 능할것이지만 우리는 한대상(對像)을 알므로그주위에 모ー든것써지 곱

게보지안음닛가 단지 그대상으로 인해어든 생활의식이 분명한것만 다행하지요 하

지만 녀자의 경우는、 오히려 요한네쓰에 갓가우리라고 해요、 더군다나 조선녀자는

그럿치만 그것이흔것은못됩니다』하고 생각깁흔듯이 소련을 바라보앗다。

七

소련의 그얼골은 햇슥하게변햇다。그는입살세지 남빗으로 변햇다。운순은 가만

히안젓다가、 차를싸루러 탁자압흐로 가서 그압헤걸넌거울속을 듸려다보다가、 자긔

눈에 독긔가씌운것을 못보고、 효순이가소련이와 숨결을어울느듯이 하든이야기를굿

치고 모—든것이 피로운듯이 쓸압흘 내려다보는것을보앗다。

이쩨 두사람은 뒤에서 반사되여빗치는 시선을세다르면서 쓱가티 뒤둘 도라다보

앗다。이쌔이다。두지식미를가진얼골과 다만무엇을 의심하고두귀하는듯한얼골이썩

족하게 삼가을지을듯이 거울속에 모듸엇섯다。

이한순간후에 검은보석을단듯이 햇슥해진 소련의얼골이머리를돌니며

『형님 그찬장안에 고구마군것이잇스니 내노아보세요 내손으로 아무러케해서맛이

되잔엇지만……』햇다。운순은 그말에는 대답업시 차판은갓다가 소련과 효순새이에

웃코 자긔방으로 드러가서 도롭프스봉지와 쵸코—제드봉지를들고 나와서 목판에담

고쏘써리운듯이 주춤주춤하다가 찬장에서 고구마군것을 쓰내엿다.

이찰나에 개란단내음새와 쌔다와 젓내음새가 단향긔를지어서 봄빗이쏘인 고요한

마루우에 진동하엿다. 운순은 그맛잇서뵈이는것을 도로듸려미러버리려는듯한 솜씨

로

『이것잡수세요?』하고 목이매여서 무럿다. 효순은 말업시 미미히우스며 운순을

바라보고 고개를 돌니여 하늘을 치어다보앗다. 소련은 운순의 불쾌

한 낫빗을 미안히바라보고 숨결고롭지못하게

『그쌔짓것 고만녀어버리세요』하고 말해버렷다. 운순은, 소련의 말대로 내놋튼것

울듸리미러버리고, 다시안젓든자리로 와안젓다.

하늘은 맑은우숨을씌고 나즈레하게 사람들의생각을 돌보는듯이 개여잇섯다. 쓸

에는 모럭모럭김이 오르는쌰우에 안즌뱅이와 멈들네가 피여잇섯다. 화단에는 한쎔

이나자란 목단파 쏘 두어자이나 자란파초가 무엇인지 채알지도못할 쏫닙파리들 가

운데서 끄 요한봄바람에 한들거리고잇섯다。

차와 과자는 봄날대낫의 남향한마루로 듸리쬐이는볏헤 얄분김을 올니면서 이세사

람의 긔억에서 쩌 나잇는모양이엇다。

그러나 한참만에 운순은 이고요함을쌔트리고 그 목메인소리로

「차를잡수세요」하고 권했다。

하늘을 치어다보고 쌍을 굽어보듯두사람은 듯는지 마는지 무슨쏙갓은생각을 가티

하는듯이 정밀한 그들의얼글에는 조곰한잡미(雜味)도 석거뵈이지안엇다。

이쌔엇다 무엇인지 효순과 소련새이가 갓가워지고 운순과 소련새이가 동쩌러저

나간듯이 생각든지가……。 우리는지금쌔지 이세상에서 모든붓헛든것들이 쩌러지

는것을보고 모든쩌러젓는것들이 붓는것을본다。 우리들의 먹는쩍과 김치와、 과실과

고기를생각할째에도……。 쏘、 그럿타! 우리는매일가티 그런것올 안볼째가업다。

그러나 우리는 거긔서 서로헤여짐이업는 나라를짓고 나라를쌔트리지안을 경우를

지으려한다。 하나 우리는매일가티 헤여지며 맛나는 동안에 매일가티 변함을본다。

필경 육신과 령혼을 양편으로 가진사람들은 약함을 못끗내 이기진못하고 운명에게

롬을엇보여서 나라를 쌔르리기도하고 경우를일키도해서 동서에울고 웃게되며 남북

에 헤매이게되는것이다。

여긔이르러 소련의운명은 그갈곳을 확실히작정햇다。효순이가와잇는 멋칠동안을

온순은 루귀와 의심으로 날을보내고 애덕녀사는 혹독한 감시(監視)롤게을느지안엇

스며 그즁에 소련의멱모는 서울구경을핑게하고 올나와서 이여러사람들에눈치에 덩

다라

『제어멈을 달마서 행실이엇더할지모르리라』고 말전주햇다。효순은 난처한듯이

동정김혼 눈씨를 소련에게 향할뿐이요 침묵을직히게되엇다。이보담전에

소련과 효순은 모—든 행동을 서로빗추워하게되고、모든의심을 서로무르며、모—

든것을 쏘 명령적으로 대답하며 모—든 행동을 서로복종하엿다。이러한 멋칠동안을

온순은 눈물을 말나지못하고 애덕녀사에게 자조무엇을 속색엇다。

이에 해덕녀사는 효순에게 정중한행동을취하며 속히 소련의 혼인을 작정하려고

급한행동을햇다。 이튿에효순은 소련에게 쏘다시 안체만체한 행동을햇다。 그리고

속히 동경갈준비를햇다。 그런중에쏘、 송도성이란 그의부친은 시골서울나와서 효순

을 그러판으로 데려가버렷다 소련은 쑴파가티 그리운사람과 멧칠동안을 깃겁게생

활햇다。 하나 모―든것은 쑴가티지나가 버려젓서다。

八

소련은 그고모와덕모의 위협에 급히도최병셔와의혼례을 허락하엿다。

애덕녀사는 다시 효순에게 상량한태도를 뵈엿다。 소련은 다시 나날이 수척하여

젓다。 은순의낫비슨편안하여젓다。 그러나、 효순의낫비슨 거스림과비우슴과 날카라

움오로 충만되여잇스면서도 뗴일온화한행동을 락종하는듯했다。애덕녀사는 힘써서、

최병셔를 그집으로 잇그러 되렷다、 병셔는 흔한금전으로 나이먹은녀인(女人)들의

환심을사버렷다。 병셔는문안에 이를때마다、 영복이란녁인싸지 그를대 환영하엿다。

병셔는 효순과 깃겁게 사귀려고하며

『학사!리학사!』하고 빈정거렷다。

최씨는 그 검은얼굴에 크림을칠하게되고、그 거세인머리에 기름을 쌔게되여서 효순의

모양을본셧다 효순의 창백한고상한얼골파、병셔의 구리빗가든심술구준얼골은 서로

맛지안는듯을 말해 보려 하엿스나 순하고 게다가아무런구속도 빗기시려하는효순은

아모편으로던지 건드려지지안코 애써라협하려려 하엿다。

그러면서、동경서 명치대학법과를 졸업한 병셔의학석을、더 위업시 놉히아러주는

듯하엿다。그러고 그 의버릇인 하늘을치여다보는표정은 곳치지안엇다。

그러나떠는 잇다큼식

『사람이 그 주위에서 조화를새트리지안는사람만 가장행복될것이고、또 휠신넘어서

서 모ー든것을새트리고도 능히세울수잇는사람만 위대하다고 설명햇다。또사람이

어울니지안는대상을 요구하는것은 도적파갓지만 사람은 사람자체(自體)의생활의

시초를모르는이만치 그생활을 스스로 시작하지못햇슬려이닛가 전부책임질수가업서

서노력만이 필요하다」고이야기햇다。

병셔는 효순의말을 리학쟈의 말갓지안라고비우섯다。그래도 효순은 아무말업시

하늘을 치어다보고 말엇다。

소련은、 차라리 이 피로운날들을 어서주려서 속히 병서의집으로 가지기를원했다

그러나 그역 그뜻대로 되지안어서 그는 아모의눈에 든지 뵈이도록 번면햇다。

그다음에 효순은일본으로 떠나면서 섭섭해하면서도 말은못하는 소련을뒤뜰로쓸

고가서 이갓든말을남것다。

『소련씨 우리들이 한새에 이디구우에 살게된것과 쏘이려케사귀게된것만행복됩니

다。이제우리는서로아럿스닛가 서로의식하며 힘써서 갓든케일접에서 맛나도록 생

활해나가는것만 필요함니다、이후에 소련씨는 최병셔씨와 단란한가정을 지으시겟

지요、쏘、우연치안한、귀회로 영영잇처지지못하도록 맘이맛던、한동무가、어듸서

당신과쏙가티 고생하며 힘쓸것을 잇지안으시겟지요、자―유쾌하지안음닛가、우리

에게는 요한메쓰와 마알에게오는파멸은업슴니다 자―우리는 우리가연구하는화성이

우리의 디구와가다 고생각하면 얼마나 반갑슴닛가 쏘 통행해지겟다고 생각하면얼마

나 눌납슴닛가 하나 시간이호을로 해결한권리를 햇기지안음닛가 다만사람은 그동

안에 힘쓰는것만허락되엇슴니다」하엿다。 소련은이째 그가상속으로 넘처흐르는 합을억제하지못하고 그압흐로갓가히서며

『오—오라버니』하고 부르지젓다。 효순은얼굴을돌니고『누님』하고 먼저도라서서 압쓸로왓섯다。

이째는 맛춤봄날오후이라。 하늘우세서는, 종달이가 한잇는대로, 감정을놉히여 먼곳으로부터 우러냇다。

그뒤에 소련은 모—든일이 맨처음부터 잇섯던듯이 쏘 모—든것이 업섯던듯이 최씨댁으로 와서살게되엇다。 그러나 미듬을가지지못한 병셔는 소련을공경은할수잇지만 사랑은할수업노라고하면서 마음내키는대로 계집을상관하고 집을비엇다。그러고도 부족한것이 만혼사람처럼 애써서 가정을 힘쓰는 소련을 학대하기도 붓그리지안엇다。 그런중에쏘 병셔의모친은 잇다금식와서 그아들의애정을 소련째문에 앗가운듯이 소련을들 복구웟다。그러나 소련은참고 일해고공부하고 모든것을사랑하

고, 사람들의 성격을 부드럽게하며 사라왓다。

그러나 그후에는 은순이와 애덕녀사에게 우연히의심을 밧게된 소련은 서울가더래도 효순을 맛날수업섯다。

그후에 효순은 박사가 되엇다。 또 인천측후소속에 숨어서 연구를써엇다。 그러나 들녀는말이 그부인과 불화해서 독신을 직히며 녀자들을 피한다고햇다。

그 소리를 드르면서 소련은더욱자긔의로동(勞働)과수학(修學)과 사랑(博愛)을 게을니 하지안엇다。 그러든것을 그는 이밤에 이런생각에 붓들니고 또 강연하려온 효순의음성을 그담박게서애 닮게들엇다。그는여름밤이 깁허갈사록 왼몸을썰엇다。

그러나 지리한뒤ㅅ생각이 그를잠돌게해서 멋시간이지난뒤에 그는 잠자든숨결을 잡간멈추고。 눈을번쩍섯다。 여전히 병셔는, 드러오지안은모양이엿다。 이때에 모든업던듯하든것이잇섯다。

녀른상간방속에, 그의취미는얼마나 부자유한몸이면서 자유를바랏든고?!

아래목벽에걸닌 루단의다나이드를 사전박온 그림이며 머리맛헤 정펠로의 살파노

래란영시(英詩)를 흰비단에 옥색으로 수노흔 족자며 쓰일흠모를 물새가방맹이에

붓드러매이워서 그자유인 오촌(五寸)가량의 범위를 못버서나고애쓰는 그림이어느

것이냐。자유를 안탓갑게 바라는 소련의취미가아니랴 이런것들을 뒤도라보는 소련

의마음이 엇지 대동강의 릉라도(綾羅島)를 에두른 이류(二流)가 합처지지안키를바

라랴 흐름은제방(堤防)을세트린다!

그러나 그런째에 그뒤로서는 유전(遺傳)이다 간음(姦淫)이다 할것이다。

이째의 자유를엇은 사람의쾌활한 용감합이 무엇이라 대답할가?

『너희는 무엇을 이름짓고 어눈일홈을 쓰리며시려하느냐 그중아름다운것을 욕하

진안느냐』하지는안을지? 누가보중하랴 누가그부르지짐을 막을만치 세솟하냐。엇

던성인(聖人)이 그것을 재판하엿드냐。

소련은 머리를솟덕이며 뵈이지안는신압헤 허락했다。컴컴하든 하늘은 대동강우

에동럿다。

소련이 이밤이새인이날에 그회당쎄지가서 효순의 강연을드를것과 갑동할것은 당

연한일이고 또 그렇든지말든지 영원한생명에어울녀、샘물이흐르듯이 신선하게사라나갈것은 셧셧하겟다 보증된다。

그는이날이새여서도 최병셔의집인 그의집에서 모든생명울거누고 내노흘것이다。

누가그집에참주인인지 누가모르랴。

집주인은 건실하고 온화하고 공경될것이다。

그러고 힘써서「째」를기다리는것은 생활해나가는 사람의본능(本能)이라겟다。

그들의세상에는 운순이가업고 병셔가업고 애덕녀사도업슬것이 당연할일이다。

（一九二四年十一月二十九日改稿） （苦痛中에 간신히 脱稿）

疑心의 少女

一

平壤大同江東岸을 二里쯤드러가면 새마을이라는 洞里가잇다。 그洞里는 그리적지

는안라。 그러고洞里의 人物이든지 家屋이決코 鄙陋치도안으며 業은大槪農事다。 이

洞里에는「범네」라하는 씃인가의심할만하게 몹시어엽부고 범이라는 그일홈파는 正

反對로 至極히溫順한 八九歲의少女가잇다。 그少女가 이洞里로온것은 두어해前이니

黃進士라는 六十餘歲되는 점지안은 白髮翁파어대로선지 漂然이移徙하여와 居한다

其後멧달을지나서 범네의집에는 三十歲가량된 女人이왓스나 亦是他鄕人이엿다。 業

은업스나 生活은洽足한듯이보이며 來客이라고는 一年에一次도업고 洞里사람들파

사피이지도안는다。 그런故로 이洞里에는 이범네의집일이한疑心써리가되야 夏節장

마째와 冬節기인밤에 담배째털사이의이약이거리가되엿다。 或째룰라서

범네라는 美少女는 그이웃少女들파 사피기를 懇切히 바라는것갓다。

나물하는 少女들을바라보고 섯스면 이웃少女들은범네의 어엽분容姿에 눈이 恍惚하

여저서、 서로물스럼이바라보고 잇슬째에 白髮翁은 반다시언제든지

「야ー범네야ー야ー범네야」하고부른다。 범네는 가엽슨모양으로 뒤를도라보며 또

로드러간다。 또한 疑心을이르키개하는것은 三人이各各他鄕言語를 쓰는것인데。 翁

은純然한 平壤사투리오 범네는사투리업는 京言이며 女人은嶺南말세다。또범네는翁

더러는 「한아버니」 女人더러는「어멈」이라고稱號한다 모르는村少女들은 그女人이범

네의母親인가 하엿다。 村人들도이러케 外에는범네의집 內容을구태여 알녀고도아니

하엿다。

二

그들이 移徙하여온지 滿二年이나지난夏節이라。

엇던장날맛춤 翁은午後二時頃에 外出하야 어슬어슬한저녁째싸지 歸家치안엇더라

범네는 심심함을못익임이든지 싸리門안에서 門을방긋이열고 내다보고섯다。 其時洞

里里長의쌀독실이가 그어머니를 차자彷徨하는樣을보고 살며시門밧그로 휜얼골만나

라내여 自己를 처다보는 득실이를 向하야 微笑하며 慇懃하게

「네가 득실이냐?」 득실이는 반가웁게 그 土地語로

「응 너이 하루바니어되 가섯늬?」 무럿다。 범네는 어엽분얼골에 우슴을씌우며

「발서부려 城內에 가섯는데……」하고 말마치기前에 銀杏皮갓흔눈겁을 붉혓다。 두

少女는 暫間 잠잠하다가

「너는아바니는안게시늬?」하고 득실이가 무르매 범네는

「아바니는 庶母하고큰언니하고 서울게시구……」쏘다시 눈겁흘이 붉어진다。

「멋수가치잇는이는너의누구가?」

「의한아버니허구 밥짓는어멈이다……」두少女의 談話가의漸漸 情다워갈쌔에 멀니

서翁의점잔코 和平한모양이보엿다。 범네는득실이를 向하야穩靜하게

「래일쏘놀녀오너라」하고 거름을쌀니하야 翁의옷소매를붓들며 翁의歸家를 無限이

깃거워한다。 翁은범네의 손녹을이쓰러 싸리문으로드러가며

「심심하든?」한다

범녜가이가치 륵실이와이약이한것도 二年이나 한洞里압뒤집에 사랏지만 비로소 처음이엇더라。

三

혹독한暑中에 기다리든 秋節이 귀별업시와서 맑고시연한바람에 梧桐넙히 힘업시 쩌러지매 年年이變치안코도라오는 秋夕名節이 今年에도도라왓다。都에나 鄙에나 省墓가는사람이 早朝부터 쉬ㅅ칠새업시 各其祖先父母 夫妻子女의 故魂을慰勞키爲하야 술이며飮食을 準備하야 男女老少를 勿論하고北村길로向한다。새마을洞里의범녜와 翁도 누구의墓에 가는지 其中에세엇더라。어늬듯해는 모란峰西편에 기우러지고 綾羅島邊에 涓涓한細波는 金色을帶하엿다。이술아참과 晝間에그리紛擾하든 省墓人들 도 믓수운신허져발서 淸流壁아래 新作路에는 얼근히醉하야 혼자중얼거리며 도라오 는사람이 새이새이보이기 始作하엿다。

大同江건녀새마울 洞里를向하고 바삭바삭모래를울니는 老幼두사람의 그림자가보 엿다 其히疲勞하야 歸村하는 翁과범녜라。범녜의발뒤숨치에 내려드리운검은머리가

제潤에번질을하다。大理石으로 彫刻한듯이흰兩頰에 압나마닐이 한 두울 느러저時

時로부러오는 淸風에 빗날니여 그의아름다움을 더 하엿다。풋藍순인치마에 淡黃色겁

조고리입고분홍신을신엇다。 實로새마을 洞里少女들과는「群鷄中에鶴」이라。翁도無

言少女도無言 少女의여엽분얼굴에는 어린아해에게는 업슬悲哀에지친빗치보인다。江

岸에눈夕飼을 準備하는村婦들이잇다。 처음보는바이아니로대 이날은더욱이 好奇心

을이르켜가며 注目한다 其中한아이

「어드메살든 아해인지곱기도하다」또한아이

「눌보아도눌곱다 한번실컨보앗스면조켓다。」또한아는하하우스며

「범네야어되갓다오니?」하고 뭇는다 범네는村婦들을向하야 눈만우스며 입담은채

翁의뒤를 싸른다。이쌔에大同門外웃둑 소슨 卵璧의二層洋屋에서도 이편을向하야 望

遠鏡을눈에대이고 바라보는 外國人인지 朝鮮人인지 分別키어려운 紳士가잇다。紳士

는急히상노를부른다 상노는主人의命을바다 門前綠色小舟에 提燈을달고速히저어江

岸을向하야 배대엿슬쌔는 翁과범네가 새마을에드러갓슬쌔이라。

紳士는새마을 가는길을두고 다른洞里의길로 向하엿다。 그紳士가 落心한顔色으로 江岸에 도라왓슬째는 東天에둥근달이 맑은光線을느리여 暗黑한곳 몟 萬民에게 恩惠 베푼째이니 平壤大同門外에는 電燈빗치반짝반짝 不夜城이오 江우에는오날이 조흔 이라고 船遊하는小艇이 루비 갓흔燈불을밝히고 男女聲을合하야 愁心歌를부르며 오르락내리락한다。 紳士는失心한듯이 江가에서바라보고섯다。 한참만에 힘업시배에올라 도로저어 뎌편에서내리여 趙局長의別莊오로드러갓다、 紳士는別莊主人일듯십다。

四

江岸에서 紳士의貌樣을본 村婦中에「언년어멈」이라는 남의일참견잘하는 사람이잇다。 보고십흔 범네도불숨 범네의 집을차저가紳士의일을告하엿다。 翁은별노히 놀내지도안으며 天然스럽게언년母에게 感謝하엿다。 언년母가도라간後 두시假量이나 지나 翁과범네는洞里이웃에게 告別하랴고里長의집을 尋訪하엿다 翁이里長의집을 尋訪함도移徙왓슬 時와이번뿐이라。

洞里머슴들이 行擔七八個와 其他家具를 江岸으로날느고 翁과범네의뒤에는 그집

女人과 人心厚한 이웃사람들이 別로히사퍼엿든 情도안이건만 餞別次로써라나온다

江가에는 맛참물아래로 가는배가잇다。

潺潺한波濤는 明朗한月夜의 色彩를빗치엿다。

船人이準備다됨을告할째 翁은徐徐히餞別나온 이웃사람들에게 告別하얏다 洞里사

람들은 소래를合하야 旅中의安寧을祝하엿다。 그소래에山川써지 소래를合하엿다 범

네의흰얼골은 月光을바다 悽愴이보인다 白雪갓흔담요를 두르고오슬오슬 써는모양

感氣에걸닌것갓다 범네도써는목소래로 인사를마치고 翁의손을잡고 차박차박거러뱃

머리에올르다가 고개를돌니며 둥글고光彩잇는눈으로 洞里사람들을 한번더본다……。

라는듯이 가는물결소래를낸다 배젓는櫓소래는 물에서철석철석 深夜의寂寞을破한

밤은깁히 四方이寂寞한대 넷적부터 幾億萬年의秘密을담은 大同江물이 古今을말하

다。 배가물아래向하야 十餘間쯤어나갓슬째에「범네야잘가거라!」하매 떠

편에서도범녜가

「록실아잘잇거라ー」한다 그소래가 양금소래가치 썰리여들닌다 村人들은배가멀니

서희미하게 보이고 櫓소래가 안들릴째까지 그곳에서서 議論이 紛紛하야 물이밀어그들

의발을적시는것도 몰낫더라 里長은저녁째일을 언넌母에게듯고 머리를기우려가며

생각하더니 한참만에 언넌어멈을 向하야

「그래그紳士는 어듸서옵듸가?」무럿다 언넌어멈은 遠視를 잘하는樣이라

「뎌긔보이는 웃뚝소슨 二層집에서 식검은것을눈에 대고보더니 ……한참만에 이제야비로소 數年來의 疑心을 푼

里長은 쏘한번머리를 기우럿다。

「아렷소 범네는그럭게봄에 自殺한 趙局長 夫人의己出인佳姬아기구려」一同은 무슨

듯이

무서운말을 드른듯이눈이 휘둥그래진다。里長은한숨을지으며

「불상한아해!」하고 부르지지는듯이 말하엿다。

五

이는年前家庭의 波瀾으로因하야 自殺하야버린 趙局長夫人의紀念으로세친 一女佳

姬너 外樣파心志가過히 아름다음으로 그反對로 그外祖父가 改名하야범네라한다。

佳姬의 母氏는 平壤城內에 其當時 有名한 美人이기쌔문에 避暑次로 왓던 趙局長의 懇

切한 所望에 잇글리여 夫人이 되엇섯다。夫人은 財産家黃進士의 無男獨女이니 十四歲에

其母親이 別世하매 其父親黃進士가 娶妻도아니하고 金枝玉葉갓치 기른배라。누가 늣

하엿스리오 그玉興가 荊棘으로 얼근것인줄이야。趙局長은 世世로兩班이라 弄花에巧

하고 射的에妙하다。며는세번妻를밧구고 妾을갈기도 十餘人이라 花柳에놀고 村百

姓의제집쌔지 戲弄하엿고 그의別業에서는 晝夜를顚倒하고놀앗다。夫人이그에게嫁하

야 그쌀佳姬를나엇다。肉의美는스러지지안키가 어려운겄이매 남편의亂行은 夫人의

不幸과가치 자랏다。새로드러온 妾은남편의 사랑을아섯다 남편은親戚間에도싯엇다

前妻의쌀은 每事에름을라서 夫人을誣陷한다 사랑을願하여도 엇지못하고 自由를願

하야도 엇지못하고 離別을請하야도 안드러 疑心밧고虐待밧고、갓치여悲觀하든남저

지에 病든몸을이르켜 平壤의別莊에서 自殺하엿다。길바닥에 人馬의발에밟힌일흠업

는적은풀쎄지싯피는 四月某日에 人世의싯일 二十四歲의젊은夫人은 短刀로써 自處

하엿다。可憐한夫人의설은 죽음이其時에는 遠近의傳播되여 모든사람이 늣기엇더라。

古語에「사람은업서진後더 그립다」는것가치 其後趙局間은얼마큼 精神을차려얼마큼

러도하엿다。그러나ㄴ것더라。其後趙局長은 夫人生時보다도 佳姬를사랑하엿다。그

러나 其外祖父黃進士는 趙局長의妾이其寵愛를 一身에감으려고하는 奸策이두려워

佳姬와합쎄 가엽슨 漂浪의客이되엿다。何時에나 漂浪客인可憐한 佳姬에게는 春麗陽

日이도라올는지——

節期는夏秋冬三季가 지나면반다시 陽春이오것면——

불상한어머니의불상한아해?　　（끗）

（一九一六年春園先生이「靑春雜誌」에썸으신것）

大正十四年四月二日　印刷
大正十四年四月五日　發行

版權所有

（生命의果寶）
定價七十錢

京城府堅志洞二十二番地

著作兼印刷
及發行者

漢城圖書株式會社

右代表者　金　洪　炳

發行所

京城府堅志洞三十二番地

漢城圖書株式會社

（電話光化門一四七九番）
（振替口座京城六七六〇番）

『생명의 과실』은 한국 최초 여성 근대 소설가 김명순이 그의 시, 소설, 수필을 묶어 1925년 한성도서주식회사에서 정식 출간한 한국 여성 작가 최초의 작품집으로, 그로부터 백 년이 지난 2025년 선구적인 여성 예술가 김명순의 작품세계를 기리기 위해 그 장정을 고스란히 살려 복원했다.

김명순(金明淳)

1896년 1월 20일 평안남도 평양에서 태어났다. 1917년 단편소설 「의심의 소녀」가 『청춘』의 현상 공모에 당선되면서 작품활동을 시작, 한국 최초의 여성 근대 소설가로 불린다. 등단 이후 김명순, 김탄실, 망양초, 망양생, 별그림 같은 필명으로 시, 소설, 산문, 평론, 희곡 등 다양한 장르의 글을 발표했다. 에드거 앨런 포의 소설을 국내에 최초로 소개하고 보들레르의 시를 번역하는 등 외국어에 능통했던 것으로 전해진다. 피아노를 잘 치고 독일어로 곡을 만들 만큼 음악에도 조예가 깊었다고 한다. 여성 작가 최초로 작품집 『생명의 과실』(1925) 『애인의 선물』(1929 추정)을 펴냈으며, 신문기자, 영화배우로도 활동했다. 조선과 일본을 오가며 공부와 집필에 힘썼으나 모욕적인 소문의 희생자가 되어 결국 글쓰기를 중단했다. 생의 마지막에는 생활고에 시달리다 1951년 도쿄에서 사망한 것으로 추정된다.

생명의 과실 —한국 여성 작가 최초 작품집 복원본

초판 1쇄 발행 2025년 6월 30일

·글쓴이 김명순   ·펴낸곳 핀드   ·펴낸이 김선영
·등록 2021년 8월 11일 제2023-000289호
·주소 04017 서울시 마포구 동교로 31(망원동) 2층
·전화 02-575-0210   ·팩스02-2179-9210
·이메일 pinned@pinned.co.kr   ·인스타그램 @pinnedbooks

ISBN 979-11-990229-5-9 03810

* 잘못된 책은 구입하신 서점에서 바꿔드립니다.
* 책값은 뒤표지에 있습니다.